U0479434

无疆的文学

世界的音符

尚书房

走向世界的中国作家

牺牲

周大新 著

CHINESE WRITERS
WITH WORLDWIDE INFLUENCE

图书在版编目（CIP）数据

牺牲／周大新著．—北京 ：文化发展出版社有限公司，2016.8
ISBN 978-7-5142-1364-5

Ⅰ．①牺… Ⅱ．①周… Ⅲ．①中篇小说－小说集－中国－当代
Ⅳ．①I247.5

中国版本图书馆CIP数据核字(2016)第129605号

牺　牲

周大新／著

出 版 人：赵鹏飞
总 策 划：尚振山　曹振中
责任编辑：肖贵平　罗佐欧
责任校对：魏　欣　　**责任印制**：孙晶莹
责任设计：侯　铮　　**排版设计**：麒麟传媒

出版发行：文化发展出版社（北京市翠微路2号　邮编：100036）
网　　址：www.printhome.com　www.keyin.cn
经　　销：各地新华书店
印　　刷：北京新华印刷有限公司
开　　本：889mm×1194mm　1/32
字　　数：140千字
印　　张：7.75
印　　次：2016年8月第1版　2016年8月第1次印刷
定　　价：28.00元
I S B N ：978-7-5142-1364-5

◆ 如发现任何质量问题请与我社发行部联系。发行部电话：010-88275710

编委会

贾平凹：中国作家，书法家，画家。中国茅盾文学奖、费米纳文学奖、法国政府奖、美国美孚飞马文学奖获得者。作品被翻译成英、法、德、意、西、捷、俄、日、韩、越等二十多种文字。在国外产生影响的有英文版长篇小说《浮躁》，法文版长篇小说《废都》《土门》《古炉》等。

周大新：中国作家。中国茅盾文学奖获得者。作品被翻译成英、法、德、朝、捷等十多种文字。国外出版有法文版长篇小说《向上的台阶》等多部作品。由其短篇小说《香魂塘畔的香油坊》改编的电影《香魂女》获柏林国际电影节金熊奖。

尚振山：尚书房图书出版品牌创始人。出版有“中国名家随笔丛书”、“中国文学排行榜丛书”、“中国小小说名家档案”（100卷）等。

不仅是为了纪念

——“走向世界的中国作家”文库总序

野　莽

尚书房请我主编这套大型文库,在一切都已商业化的今天,真正的文学不再具有20世纪80年代的神话般的魅力,所有以经济利益为目标的文化团队与个体,已经像日光灯下的脱衣舞者表演到了最后,无须让好看的羽衣霓裳做任何的掩饰,因为再好看的东西也莫过于货币的图案。所谓的文学书籍虽然也仍在零星地出版着,却多半只是在文学的旗帜下,以新奇重大的事件冠以惊心动魄的书名,摆在书店的入口处引诱对文学一知半解的人。尚书房的出现让我惊讶,我怀疑这是一群疯子,要不就是吃错药由聪明人变成了傻瓜,不曾看透今日的文化国情,放着赚钱的生意不做,却来费力不讨好地搭盖这座声称走向世界的文库。

但是尚书房执意要这么做,这叫我也没有办法,在答应这事之前我必须看清他们的全部面目,绝无功利之心的传说我不会相信。最终我算是明白了他们与上述出版人在某些方面确有不同,私欲固然是有的,譬如发誓要成为不入俗流的出版家,把同行们往往排列第二的追求打破秩序放在首位，尝试着出版一套既是典藏也是桥梁的书，为此已准备好了经受些许财经的风险。我告诉他们，风险不止于此，出版者还得准备接受来自作者的误会，这计划在实施的过程中不免会遇到一些未曾预料的问题。由于主办方的不同，相同的一件事如果让政府和作协来做，不知道会容易多少倍。

事实上接受这项工作对我而言，简单得就好比将多年前已备好的课复诵一遍，依照尚书房的原始设计，一是把新时期以来中国作家被翻译到国外的，重要和发生影响的长篇以下的小说，以母语的形式再次集中出版，作为中国当代文学的经典收藏；二是精选这些作家尚未出境的新作，出版之后推荐给国外的翻译家和出版家。入选作家的年龄不限，年代不限，在国内文学圈中的排名不限，作品的风格和流派不限，陆续而分期分批地进入文库，每位作者的每本单集容量为二至三个中篇，或十个左右短篇。就我过去的阅读积累，我可以闭上眼睛念出一大片在国内外已被认知的作品和它们的作者的名字，以及这些作者还未被翻译的 21 世纪的新作。

有了这个文库，除去为国内的文学读者提供怀旧、收藏和跟踪阅读的机会，也的确还能为世界文学的交流起到一定的媒介作用，尤其国外的翻译出版者，可以省去很多在汪洋大海中盲目打捞的精力和时间。为此我向这个大型文库的编委会提议，在编辑出版家外增加国内的著名作家、著名翻译家，以及国外的汉学家、翻译家和出版家，希望大家共同关心和参与文库的遴选工作，荟萃各方专家的智慧，尽可能少地遗漏一些重要的作家和作品，这方法自然比所谓的慧眼独具要科学和公正得多。

当然遗漏总会有的，但那或许是因为其他障碍所致，譬如出版社的版权专有，作家的版税标准，等等。为了实现文库的预期目的，那些障碍在全书的编辑出版过程中，尚书房会力所能及地逐步解决，在此我对他们的倾情付出表示敬意。

2016 年 5 月 7 日写于竹影居

目录

牺 牲

1

在并不久远的过去，俺们豫西南乡间流传着一首顺口溜：

腰里揣上百元钱，
过了襄樊下四川，
保你不会单身回，
一个俏女跟后边。

自然，这顺口溜中讲的“好事儿”如今早已过去。

可我却总忘不了那个过去，因为我的二嫂就是在那时来的。

没人去领二嫂，她是自己来的。二嫂来的日子是阴历七月的一个后晌，那个后晌，我和爹娘一起，正在村边的一块红薯地里翻薯秧。

那个天空瓦蓝、阳光毒热的后晌，从此便留在了我的记忆里。

我们翻有将近一埂薯秧时，焦枝铁路上过来了一列客车，在离我们里把远的柳林车站歇了两口烟工夫，从车上就晃下来一些人。388次！我听见七旋在不远处叫。我记得我当时看了他一眼：逞能！用得着你说，这时候往北开的车，谁不晓得是388次，开往洛阳？

火车喘了一阵子气，就又哐嗵哐嗵地跑了。下车的人转眼间也就散开了，我看见有三个人往我们这边走来，我没有在意，我以为是村里或邻庄里有谁下襄樊回来，我又开始翻薯秧。

翻薯秧这活儿不累，但就是需要眼睛，你得看清那些横爬竖缠的薯秧各是哪棵上的，把它们从地上扯起，翻到埂上去，目的是不让它们的秧子在地上随便扎根，不让它们就地再生些小红薯，把总棍那儿的红薯的养分夺走。干这活不能左顾右盼，所以我就没再注意那三个走近了的人，直到那一声怯怯的招呼响起："大娘，能不能给个红薯吃？"

我闻声扭过脸去，看见有三个人站在红薯地边，正在望着娘，娘住了翻薯秧的手，抬眼默默打量他们。站在前边开口说话的是一位姑娘，中等身个，穿着旧裤褂，脸有些黄瘦，可眉眼挺秀气，辫子很粗，怪耐看。她的口音有些蛮，我听着和后庄里老景家的四川媳妇语音不差上下，便知道她是四川人。姑娘的身后是一个老太太，那老太太的年纪看上去比娘要大，而且她身子很弱，喘息声很重。最后边站的是一个小伙，但他已差不多算不得一个小伙了，黄皮寡瘦，身子怕冷似的佝着，手指如鸡爪一样干枯弯曲，他显然是在病着，两眼无光无神，显出不少迟钝，眸子看人看物时都很空茫，仿佛对诸事已不感兴趣。

娘打量了他们一刹那之后，便伸手去扒红薯，那阵儿红薯还没长成，扒出的红薯很小，娘边把三个不大的红薯朝那姑娘递，边抱歉说："红薯还没长大，还得一个多月时间！"那姑娘接过红薯，朝娘鞠了一躬，并没去一旁的水沟里洗，而是撩起衣襟三两下把它们随便擦擦，先递一个给那老太太，后拿一个给那小伙，随后她自己便也急急地去咬另一个红薯。三个人的吃法令我害怕，都是没命地咬，没命地咽，仿佛都想一口就把那红薯吞到肚里。我估计他们是几顿没吃饭了，就很快地协助娘又为他们扒了几窝红薯，把十来个小红薯抱到水沟边洗洗，又默默放在他们面前的草上。那时他们三个已在地边土埂上坐下，仍是嚓嚓地嚼着咽着。那老太太的牙咬这种生红薯显然吃力，她那种咀嚼样子让人不忍看下去，我望了一眼娘，我看见娘也满脸都是难受。

当他们三个又把那十来个小红薯吃下去时，娘慌慌地开口道："你们不能吃了，新下来的红薯太暴，一次吃多了会胀肚子，这样吧，俺再给你们扒些带上，你们待一阵再吃，好吧?"

那姑娘这时抹抹嘴，抬眼看定娘说："大娘，俺们是从四川逃荒来的，俺们没处去，俺们在这儿下车是因为看见这儿有快长成的红薯，俺想求你帮个忙，帮助给我寻个人家，让俺们一家三口有个落脚的地方。"

"寻个人家?"娘有些意外。

"是。"那姑娘点点头，声音弱下去，"就是我给人家做媳妇，我今年十九，叫韩秀妮，做饭、喂猪、编竹器、干地里活都行。"

我听懂了，我看一眼娘，娘在那里沉思，过了一刹，娘又问："你找人家有啥条件?"

"没啥，就是男的家里有吃的，能让我妈和弟弟有饭吃就行。"那叫秀妮的姑娘卷着自己的辫梢，声音很低，随后又补了一句，"稍有点钱能给俺弟弟看看病。"

"就这?"娘又追问道。

"有一间草棚让俺妈和弟弟住。"

"还有没?"

“没了。”那姑娘头低下去，她的妈妈和弟弟都扭开了眼，默望着远处的天。

“你们先坐这儿等等。”娘说罢起身，向在旁边那块地上翻薯秧的爹身边走去。我也急忙跟在娘的身后，不知怎么的，我对这件事竟非常关心起来，我很想弄明白娘和爹要把那姑娘说给谁家。

我在离爹娘他们两埂红薯的地方蹲下来。

“给杀羊的九横吧！”当娘给爹讲了来龙去脉后，爹这样说。

“不行！九横都四十多岁了！”娘还没有开口，我已经先叫了起来。爹这时才注意到我蹲在一边，生气地瞪我一眼：“你十几岁的娃子，懂个屁，滚开！”

我没有滚，我在注意听娘的话，我听见娘说：“给九横做啥？我看那姑娘不赖，我想给咱二河算了，又不要花一分钱，只是管她妈和弟弟吃饭，这便宜哪里找？错过了这个机会，你拿啥给二河说媳妇？没听说如今说本地媳妇，要千把块钱哩！”

爹点着一锅烟沉吟了一会儿，对娘说：“好吧，依你。给老大说那媳妇，已经把我腰都累弯了，我也确实没那力气再给二河娶媳妇了。只是你要小心一点，他们终究是四川人，别过了门没几天，她再走了，可不坑了咱二河？”

“不会的。”娘摇着头，“后庄景家娶那四川媳妇，不也在好好过日子？这样吧，我先下工，把他们领到家去，你待会儿给福德叔说一声。”

爹点了头后，娘便起身过去。我紧跟在娘身后，听说要把那叫秀妮的姑娘说给二哥，我心里很有些高兴，这下子我有个四川二嫂了！……

2

晚饭的时候，娘破例地炒了一盆南瓜，煎了半盆茄子，贴了一筛红薯面饼子，熬了一锅苞谷糁稀饭，全家人连分开另过日子的大哥大嫂在内，都围在院里的那块石板上吃。

一盏风灯挂在葡萄架上晃荡，把一家人的影子在院子里摇来摆去。

二哥不像往日吃饭时那样嘹亮咀嚼大口吞咽，而是吃得小心翼翼悄没声息，目光像猫一样不时溜过碗边向秀妮身上一探，又慌慌地缩回。最先给二哥报喜信的是我。我从红薯地里收工回来时二哥还没到家，还在牛屋里出牛粪，我飞快跑去把二哥叫出牛屋，兴冲冲告诉他：“娘给你娶了个四川媳妇!”

“啥？胡说啥？”二哥当时瞪我一眼。

“真的，人已经在咱家坐着了!”我于是把下午红薯地里的那番经过说了一遍。

二哥听后脸有些红，捏住我的肩膀问："人咋样？"

"可不赖，和葱儿嫂不相上下。"我做了个比较，葱儿嫂是俺们村顶漂亮的媳妇。

二哥于是匆匆忙忙收拾起出粪家什，跑到水塘边洗了洗手脚，急急回了家。

秀妮和她妈、她弟那阵坐在俺家堂屋，二哥借放家具进屋瞄了他们一眼，又红着脖子出来，我悄声问他："行吗？"他点点头说："可行！"娘那时已在灶屋里忙活，听到二哥的声音，喊他进去问："见过了？"二哥嗯了一声后，娘说："你已经二十五了，不敢再耽搁，你看咱村里多少光棍！指望我和你爹给你说个本地媳妇，不晓得要等到猴年马月。你也知道，娶你大嫂时借别人的几百块钱还没还上。我看这四川姑娘不孬，要不是我今儿个刚好在红薯地边干活，还不知要便宜谁哩！只是成了亲后，你得养活她妈和她弟弟，得给她弟弟看病，我想这也没啥，就是娶个本地媳妇，做女婿的就不管丈母娘和内弟了？"

二哥当时欢喜地正式表态："俺愿意。"

那晚吃饭时，除了爹娘和哥嫂问他们三人几句话他们答了之外，他们一直默然吃饭，三个人都吃得又快又急，显然还没从饥饿里脱出身来。

饭吃完时，队长福德爷噙着烟袋进了院子，爹显然已预先给他报告了秀妮嫁我二哥的事，福德爷边吧嗒着烟边看着秀妮他们三口人大声说：“好嘛！周家庄添人总是桩好事，一个庄子能引得姑娘们飞来，证明俺们周家庄的风水好，祖宗们选这块地住着是选对了！老二，人家姑娘大老远地跑来跟你过日子，你小子日后可要对人家好点！秀妮，以后这周家庄就是你的家，说话做事都不要拘束，你们三口人户口这已经算是报上了，从今往后挣工分吃饭就行！”福德爷是队长又是村里我们周姓人的长者，他说了就算。

爹那当儿已把烟簸箕端来，给福德爷又按上了一锅好烟叶。福德爷长长地吸了一口后又说：“老二，秀妮，你们俩虽没经过相亲、换八字、喝订婚酒这些礼数，可迎亲这道规矩咱还得要，明日就给你们操办操办。你们去不去公社登记办那洋手续我不管，可这周家祖上传下来的礼数我还是要你们做到！”

“行，就按你老说的办。”爹含笑表态，福德爷于是满意地磕磕烟锅。随后，福德爷又同爹扯些别的闲话，临走时对爹说：“明早晨你去找保管员，让他给你称十斤白面，就说我讲的，明儿晌午你们蒸点白馍！”

爹把福德爷送出院门之后，娘便开始安排秀妮他们一家三口的安歇处，我们有三间正房一间灶屋，哥嫂分家后另盖有房子。平日是爹娘住正屋的东间，二哥、我睡西间；那晚娘让秀妮和她妈住西间，让我和二哥、文道哥在灶屋里铺了竹席睡地铺。我和二哥扶着文道进灶屋铺席的时候，大嫂开玩笑地站在门口对二哥说："老二，要我说呀，反正人已经是你的了，今黑里还不如就合了铺，早睡一夜是一夜——"

"当啷"，文道哥此时不知怎么的一下撞落了案板上一个细瓷碗，那碗砰然落地摔碎发出一声脆响，响声把大嫂的说笑兀地截断。

大嫂望了一眼文道哥那默然的背影，朝红着脸的二哥笑笑，慌忙走了。

我赶紧过去扶文道哥在席上坐下。

那晚天热，我们三个躺下后都很久没有睡着，二哥和文道哥在我两边不停地翻身，我估摸二哥是高兴激动，而文道哥则是乍到不适应。

最后，先睡着的大概是我……

3

第二天上午的迎亲，按规矩是到女方的家里迎，可秀妮家在四川达县，没法迎到她家里，福德爷于是便说：就迎到昨日秀妮他们最先见咱庄人的那块红薯地里。他让几个亲戚先抱了几领苇去那块地边搭个席棚，而后又让村上的几个妇女把秀妮领到那席棚里梳妆，静等着村上的媒婆五婶带着迎亲队伍去迎。福德爷说，之所以这样做，是讲个明媒正娶，表明咱周家办事不胡来，日后于新婚夫妻的和谐幸福有好处！

那阵儿因为破四旧立四新已不兴花轿迎娶，正风行用自行车接新娘。可那时村上有自行车的人家也不多，总共只三户人家有，福德爷便让这三家人都把自行车推到俺家，交给我二哥和七旋和五清，七旋和五清是男傧相。可惜这三辆自行车中只有一辆是半新的，车把和车圈还勉强有电镀的白光一闪一闪的，另两辆车都是全身锈得乌黑。那辆半新的车决定由二哥骑着驮新娘，两辆乌黑的车由七旋和五清驮伴娘。七旋和五清接过车后，皱着眉想了一下说：有办法让这两辆车变成新的！他俩跑到会计家里，拿来了会计平日写标语用的墨汁和白广告色，把两辆车上凡是该有黑漆的地方全涂上墨汁，凡是该泛白光的地方全刷上白广告色。如此一折腾，那两辆车一时变得煞是醒目耀眼，三辆车把上都让媒婆五婶又挂了一截红绸子，所以三个人推起车子走时还很有一番派头。自行车后边跟的是只有三个人的响器班子，这三个人都是村上的社员，一人吹唢呐一人吹笙一人敲梆子。福德爷已答应给七旋、五清和这吹响器的三个人各记一天工分。

迎亲队伍走到那块红薯地边的时候，在地里干活的男男女女都围上来看热闹，那阵子，秀妮也已被两个伴娘扶出席棚。梳妆之后的秀妮显得很是漂亮，借来给她穿的那身衣服还挺合体，她上身穿的那件水红布衫是从邻居玉芝嫂那儿借来的，下身穿的蓝斜纹裤子是村西头金凤姐的。她原本有些青黄的双颊，这会儿红溜溜的，但我知道那不是因为抹了胭脂，那时候没有胭脂，那是大嫂使用一种特别化妆技术的结果。大嫂找来春节写春联的一块红纸，把红纸剪成两个圆片，稍湿了点水后贴到秀妮的两个颊上，过一阵把圆纸片一揭，秀妮的双颊就染红了。

秀妮在唢呐的欢叫声中被扶向二哥的自行车后车架，她默默地在后架上坐好，目无所视地望着远处。二哥一定是心情过于激动，要不就是那段路有些太窄，二哥推起自行车没走多远，忽然车把一歪向地里倒去，二哥和秀妮一同倒在地上，四周的人们哄然大笑，二哥涨红着脸爬起来扶好车子，秀妮平静地起身掸掸身上的土，又默然坐了上去。媒婆五婶见状皱了皱眉，悄声对身旁的一个人说：这不是一个好兆头！

那天中午没摆酒席，我们家也确实没钱置办酒席，娘只把从队上领来的那十斤白面全蒸成了白馍，给七旋、五清和响器班子里的三个人每人两个白馍。福德爷在院中说："咱周家祖宗看见咱们眼下这般穷光景，会原谅咱们不摆酒席的！"那年月吃个白馍非常不易，七旋、五清他们几个人拿到白馍后欣喜无比，七旋只咬了一口，把剩下的拿回去给了他爹妈尝鲜，五清则全拿回去分给了他的几个弟弟妹妹。

二哥的新房在正屋西间。娘如今把房子这样安排：正屋西间做新房，东间她和爹住，当间摆一张床让秀妮妈住，我和秀妮的弟弟文道住灶屋。那晚上闹新房，我和文道作为弟弟，都没过去看那热闹场面，文道先躺下睡了，我则坐在那儿一边看书一边听着新房里人们的说笑声。闹房的人们都走了之后，我听见有脚步声向灶屋响来，我先以为是娘来看我们睡了没有，门推开时我才发现原来是秀妮，我局促地站起来叫了一声："二嫂。"她点点头，慢慢走进屋，先看了一刹闭眼躺下的文道，而后弯腰把床下文道脱下的鞋摆正，这才转过来轻声对我说："小弟，麻烦你夜里多照顾些他，他身子有病。"我应了一声，她方慢慢挪步出去。

那天晚上我睡得很死，我那时原本就是贪睡的年纪，何况一整天我的脑子总处于兴奋状态。半夜里，一种持续低沉的声音不断地搅扰我的睡眠，最终把我从梦的深处扯出来，醒来后我才辨出，那声音很像是人口里噙着什么东西时发出的呜咽，而且声音来自旁边文道的床上。我意外地轻叫了一句："文道哥，你在梦呓吧?"那声音戛然而止，随后我听见文道哥含混地哼了一声，翻过身又沉沉睡去。

我当时没有在意……

4

二嫂做饭的手艺还不错。那天中午，天热，娘要用红薯粉做凉粉，二嫂说：“娘，让我试试。”娘点头后，二嫂就开始干，二嫂把粉面在锅里熬得恰到好处，舀到盆里做成凉粉后，颜色青白，像绿豆粉一样，而且弹性极好。二嫂把凉粉用刀切成又细又长的条条，浇上她拌的调料，吃到嘴里美妙无比。那天中午，全家人人都吃了两碗，连一向轻易不夸人的爹也连声说：“不赖，不赖！”

二嫂做惯了水田里的活，做旱田里的活不太拿手，但她肯学、好问、心灵，没多久，样样活儿便都能上手。摘绿豆时，除了娘的速度可以高出她之外，其余我们这些人都比不过她。到后来摘棉花，二嫂每天挣的工分，超过二哥与我的总和。

二嫂手巧，针线活儿也做得漂亮。那时尼龙袜子少，穿线袜子要缝袜底，我过去的袜底都是娘缝，二嫂那天见娘正吃力地拈针，便拿过袜底说：“娘，我眼好，让我来吧！”结果，二嫂在我的袜底上绣了一对分开游水的鸳鸯，村里的姑娘们看见了，争着传看，连连赞叹：哟，哟，多像！

二嫂还有一手绝技，会编竹篮。我们家院里扔几根竹子，娘嫌碍手碍脚，就要我用刀劈了烧锅，二嫂听见，过来说：“让我来编个竹篮试试。”她于是用刀破开竹，用几天下地回来的工余时间，编了两只极好看的竹篮，而且在竹篮上画了花草，住在村头的凤巧婶看见，非要用十斤红薯换走一个不可。村上人知道二嫂有这本领后，不断有人拿来竹子让二嫂帮助编篮。

二嫂也很孝顺。

二嫂对我爹娘说话从不高腔大嗓，更无顶撞现象，每次做好饭，总是先给我爹娘盛了端上，再给她妈盛饭，然后再给我们端。她常给她妈妈洗脚、洗头、换衣服。看得出，那老太太也极爱自己的女儿，常要撑着虚弱的身子帮女儿干活，有时没人，她便握了二嫂的手，在那儿默默摩挲。

二嫂的心肠好，还特别体现在她对她弟弟的关心上。我还从来没见过如此的姐弟之情，弟弟的冷暖饥渴起坐睡眠全在她心上。什么时候加衣服、减衣服，什么时辰该喝水、吃药，什么时间起床、睡下，她全记着。大概是在她和二哥的蜜月度完之后，她就开始四处找医生给弟弟治病。二哥和娘有时给她点钱让她扯块花布做衣裳，她也总把这钱用到给弟弟治病上。后来在公社医院，医生确诊说她弟弟患的是类风湿。全家人听说后都神色一暗，那时人们都知道，这种病是不治之症，病人最后会因骨头变形忍不了剧痛而死亡。全家人包括她妈妈都对治好她弟弟的病失了信心，但她依旧在农闲时四处跑着打听偏方。大概是她的诚心感动了神灵，最后还真在社旗县境里找到了一个乡间郎中，那人有一个祖传秘方专治这种病。郎中并不示秘方，只把用这秘方泡好的药酒让二嫂带回来给文道哥喝，每瓶药酒三元钱。二嫂不知往返了多少趟去买药酒，每次去前，二哥总是东凑西借，把钱弄齐。文道哥就靠喝这种药酒，病渐渐转轻，面孔慢慢开始红润，夜里睡觉不再哼哼关节疼……

5

大概因为能吃饭，二嫂的面孔由原来的青黄转成了润白，身子也变得更加丰腴好看，村上的那些小伙子便常同二哥开着玩笑："老二，小心点，俺们不定哪天会把秀妮抢走!"二哥于是便自豪地笑道："抢呗，抢回去让她做你奶奶!"

二嫂是第二年春上怀孕的。我一开始看见她总是饭后呕吐，还焦急地催娘去给二嫂买药，但娘把笑眼朝我一瞪，说："懂啥？去!"后来看见二嫂的肚子一天天大起来，我才算明白我们家不久要添人了。

二嫂怀孕后，不像村里的其他媳妇们，自豪地腆着肚子在村里逛，大声地同人说笑，好像唯恐别人不知道她怀了孩子似的。二嫂怀了孕，脸上原本就不多的笑容却根绝了；她平日说话就少，总是默默地去干活，如今话语更稀，家里人不问她什么，她便几乎不开腔。我注意到她常常呆坐在那儿，一动不动地默想着什么，脸上是一副说不清含义的表情。我那时便猜：二嫂是不是害怕生个女儿？其实，生女儿有什么不好？我正想有一个小侄女逗她玩呢！我多想把这道理给二嫂说说，好让她高兴，可我不好意思。

二嫂的身子太重时，没法再照顾她妈妈和她弟弟文道。有天晚饭后，她走到我身边说："小弟，嫂子有事想求你，你记住每天督促你文道哥按时喝药酒，他换下的裤头你代他洗洗，别让他的手浸冷水。"我急忙点头答应，那一刻我心里深深感到，真有点羡慕文道哥有这样一个姐姐。

二嫂生产的时候，二哥、爹和我等在院里，娘和秀妮她妈在屋里帮着接生婆，文道哥一个人在灶屋里坐着。那时月亮已走到天顶，也无言地看我们一家迎接新生命。那孩子的哭声嘹亮无比，竟然震醒了已在窝里安睡的几只公鸡，使得它们也来了一阵响啼。当得知来的是一个儿子时，二哥一个箭步跳起向屋里奔去，边跑边欢呼："噢——"爹则拍了拍放在院里的一张木犁笑道："好，又添一个扶犁的！"

我高兴地向灶屋走去，我要把这个喜讯告诉文道哥，可进屋一看，文道哥竟已蒙头睡了，而且睡得很死，我连喊了几声也没把他喊醒。

第三天，爹和娘商量给这位刚来世的小家伙起名，我建议：就叫周南川，"南"代表他父亲的老家南阳，"川"代表他母亲的老家四川。爹、娘和二哥都表示同意，独有二嫂微声说："就叫他周南吧，他是南阳人的后代，先别提四川……"

6

文道哥因为喝那药酒，病情越来越轻，早先弯曲的指关节，也慢慢伸直了。

按说随着类风湿病的减轻，他应该快活高兴才对，可我却注意到，他平日脸上就有的阴云，这时反倒越来越厚了。

他常常呆坐在门前树下，双眼发直，一动不动地盯着在院中忙活家务的二哥和二嫂，盯着我爹和我娘。当然，每当他发现我在观察他时，他便收了目光，闭了双眼，在那儿无声枯坐。

队长福德爷见文道哥病轻了，便派他一个能挣工分的轻活：夏看麦场，春秋冬看村边的庄稼。小南长到会坐圈椅的时候，娘便常把小南放进圈椅，推放到文道哥身边，让他边照看队里的东西边看护外甥。这样，可让娘和二嫂腾出身子，下地干活挣工分——那个时候，二嫂她妈因为肺气肿病复发，已经什么活儿也不能干了。

看来，文道哥照看孩子没有经验，因为差不多每天收工回来，二嫂抱过小南来喂奶时，那小家伙的嗓子总是哑的，原因显然是哭过。

有天后晌，我收工早些，提前回家，离村子老远，就看见文道哥坐在村边地头看护庄稼，他的身旁放着小南的圈椅，那小南的哭声已隐约地传进耳里，我快步疾走，想去帮助文道哥哄哄小南。当我走到离他们身边几十步的一个树丛前时，映入眼中的那副情景却令我惊骇地把脚步停住：原来那文道右手拿一个小木棍，正用那木棍的顶端去戳小南的肋部，直戳得小南哇哇大哭，而且只要小南的哭声一停下来，他便又继续那种动作，直到哭声重又响起。文道显然没有想到我正在观察，他做得十分专注，面孔阴沉且带着冷酷。我被吓呆在那里：他何以要如此折磨这个尚不懂事的外甥？

正在我呆愣的当儿，我看见二嫂挎着一筐萝卜从另一条田间小路向村边走，她显然也听见了小南的哭声，走得很急，她是从另一侧走近文道和小南身边的，文道大约也没听见她的脚步声，仍在继续自己那种折磨外甥的动作。二嫂终于也发现了儿子大哭的原因，我看见她万分惊愕地站住，嘴猛地张开，似要发出一声惊呼，但却见她又蓦地伸手捂了自己的嘴，把那声惊呼捂灭在喉咙里。随即，我便见二嫂放下筐子，没命地向文道和南南身边跑去，我猜想，二嫂一定会气得打她弟弟一掌，可是没有，二嫂跑到他们身边后，只是紧忙抱起了儿子，一边叫着："乖乖，我的乖乖！"一边呜呜地哭开了。

文道涨红着脸缩回了手，把手指间提着的那个小木棍慌慌扔开。

那是我第一次听见二嫂的哭声，她哭得那样伤心，在她刚开始哭时，我还有点生她的气：哭什么？训训你的弟弟不就行了？打他几巴掌不就解了气?！但渐渐地，二嫂的哭声揪住了我的心，那哭声使我不知何以竟想起了自己过去受到的种种委屈，鼻子也莫名地酸起来。我不敢走过去劝二嫂不哭，我怕自己劝不住，我抬脚轻步绕过他们，去村里叫来了大嫂，我没有给大嫂说明二嫂哭的原因，我只说二嫂在伤心，让她去劝劝。我本能地觉得不能把真实原因说出，否则，可能会在家庭里引起风波。

二嫂被大嫂劝回家时，已经完全恢复正常，她像往日一样，又急忙抱柴火洗萝卜准备做晚饭，她除了眼皮红肿之外，几乎已没有伤心过的痕迹。二嫂做饭时我抱着侄儿小南玩，我注意到他的两肋、腹部和屁股上都有被木棍戳下的红印，他这些天受的折磨还真是不轻。我当时在心里猜，那文道如此对待一个小孩，是不是因为长期患病而造成了神经不正常？

那晚文道回来得很迟，他回来时天已经黑透且晚饭已经做好，晚饭他吃得很少，添第二碗时他说他吃饱了。娘执意又给他盛了一碗，娘说："忙活一天多吃一点，过去不是都吃几碗?"但文道没再动筷，他只是默坐那儿抬眼望着天上刚现的疏星。

睡觉时他走出了院门，我以为他出去大解，便没过问，后来二嫂端着水盆来让他洗脚时没见他，问我："你文道哥哪儿去了?”我说可能在外头茅房里，二嫂出去喊了几声，没有回音。我听出二嫂的声音里有了慌张，便也跑出去跟在二嫂身后喊，村里很静，没有文道哥的回答。二嫂仿佛有预感似的径向村东头的大水塘边跑，我紧跟在后，我们跑到大水塘边时，果然看见文道一人静悄无声地面对水塘坐在岸边，一动不动，仿佛睡着了一样。

“走，回家。”二嫂上前轻了声说。

文道不理不睬，依旧坐那儿。

“回吧，你。”二嫂的声音里带了哽咽。

文道这才站起身，二嫂见状紧忙上前扶他，却被他一下甩开了。

就是从这晚开始，我对文道哥生了气：你折磨一个不会说话的孩子，难道还有功了？让人到处找你?! ……

7

这之后，二嫂对文道哥的照顾反倒是更周到了。常常在晚饭后，二嫂刷了锅，洗了碗，喂了猪，再把南南哄睡之后，会对娘说：“娘，我陪文道去村边走走，免得他一人坐那里只想自己的病。”娘听了这话，总是点头应允说：“去吧。”全家人都认为这样做应该，文道的病毕竟还没有全好，应该细心照护才对。二嫂和文道有时在村边要走到很晚才回来，二哥对此也从不埋怨，他总是揽着南南先睡了。

有天晚上，我和几个伙伴去邻近的一个村里看电影，回来时我离开人群，抄了一条近路回家。那是一条平日少有人走的田间小路，我沿那条小路踏着挺亮的月光走近村子时，忽然看见村边挨近庄稼地一棵树的阴影里，有一对男女相拥而坐，我以为是村中人在这里谈恋爱，便想看个究竟，蹑脚前行至近处一瞧，竟是二嫂和文道哥，文道哥那时正在把头伏在姐姐胸前，我叫了一声："二嫂!"他们两个被我骇得一抖，文道慌忙把头从姐姐的胸前挪开，二嫂则急急地起身抻着衣襟："噢，是小弟，你怎么来了?"

我告诉了他们我看电影抄小路回来的事，二嫂仿佛才镇静下来，向我解释似的说："你文道哥又在为类风湿病伤心哩，我在劝他。"我那阵并没想别的，只劝慰地对文道哥说："万事都要想开些，谁都会生病的。"文道哥当时对我点点头，就缓缓移步向村里走。

不久，二嫂又开始饭后呕吐，这次我不用别人解释就明白：二嫂又怀孕了！对此，爹、娘和二哥都欣喜异常，常在吃饭时猜测这次是男是女，爹一边往地上磕着烟锅一边自豪地感叹："看来周家是要子孙满堂了!"全家人只有大嫂不太满意，她嫁过来五年了才只生了一个女孩，和二嫂一比她觉出了差距，她常常要瞅着二嫂日渐高起来的肚子大口吐气，有时还要表示不屑地哼上一声："生多了就是本领?"

二嫂的二胎生产十分顺利，顺利得连接生婆都惊呼："真是前有车后有辙，这小子是顺辙爬出来的!"

又是一个会撒种的!

坐完月子之后的二嫂显得更加丰腴耐看，皮肤也因风吹日晒少了而变得越加白嫩，七旋在二嫂坐完月子头一次下地时高叫："天呀，二嫂，你看上去就像瓜园里那种又白又嫩可又熟了的香瓜，让人急得真恨不能立时摘了才好!"二嫂听见这话总是头一低，二嫂从不跟人开玩笑，她平日说话本来就少，她眉梢里似乎总停留着一种让人看了感到沉重的东西。五清他们几个小子更坏，常在干活时故意制造借口去二嫂身上这儿那儿捏一下，对此，二嫂总是不恼不笑地闪身躲开——在我们这儿，当弟弟的允许和嫂子开玩笑。但只要让二哥看见，二哥就会恼极地朝五清他们吼叫："干什么你们，再动手小心我剁了你们的爪子!"

二哥对二嫂喜欢到无以复加的地步，恨不得把二嫂整日搂到怀里不让她沾地才好。二嫂稍干一点重活就要遭二哥埋怨。我们过节时总要吃顿肉面，所谓肉面，就是把肉切成片拌上青菜炒熟后，再添上水下面条，每次吃这种肉面时，二哥总要用筷子把自己碗里的肉片拣到二嫂碗里。全家人坐一起吃饭，二哥不断地用筷子把自己碗中的肉片夹起放在二嫂碗里，这叫其他人看见总有些不好意思，我注意到爹娘逢这场合都是悄笑着把脸扭向一旁不看，但二哥浑然不觉，二哥照样自己做自己的。

二嫂生下的第二个儿子比头生子稍瘦一点，但照样长得精精神神，全家人都喜欢，连一直有病在身的二嫂妈妈——孩子的外婆，每日也总要把孩子在怀里抱上一阵。

这孩子二嫂做主起名为周川，二嫂说这样起名是为了表明他妈妈的老家在四川，对此，爹、娘和二哥都点头说：好！

对于周川，文道哥也异乎寻常地喜欢，他常把周川放在自己的双腿上颠着他玩，直把他颠得咯咯乱笑。他还找来一些竹片，让二嫂照四川人的办法，编一个背小孩的小背篓，每当他到村边地头看护庄稼时，他便把小周川放进背篓背到自己身上。全家人看见做舅舅的如此喜欢外甥，也都高兴。我那时认为，文道哥这是通过爱周川的行动，来向姐姐认错……

8

二嫂的妈妈是七六年九月份去世的。这老人自到我们家后，一直被疾病缠着，不断地吃着药，说实在的，是我们家一个很重的负担，但娘预先就给全家人交代：谁也不许露出厌烦的神色！所以她在俺们家受到了尽心的照顾，尤其是二哥，他做了一个女婿所能做的一切。当然，对她照顾最周到的还是她的女儿，擦屎、端尿、换衣、洗澡、捶腰、熬药、喂药、做饭、倒水，二嫂事事都做。以至于俺娘看了都感动地说："秀妮妈真有福气，养了这么一个女儿，我日后要是老了生病，身边有这样一个女儿就算行了！"

二嫂她妈是午饭时分咽气的，早上起床后，她大约感觉到自己将要离开人世，特意把俺娘叫到身边流着泪说："大妹子，我对不起你们一家呵，对不起呵，对不起呵……"她反反复复就说这一句话，手紧紧地攥着娘的手腕。娘估计她指的是为看病花钱太多连累了我们，慌忙摇头说："不能这样说，不能这样说！"

那老人临咽气前，说要和女儿秀妮单独说几句话，示意我们全家人包括她儿子文道全都出去，我们按照老人的心愿默默走出了门。我们都不知道那老人同女儿说了什么，我在听到二嫂的哭声第一个跑进屋去的时候，发现一向仰躺着的老人不仅站了起来，而且保持着一个奇怪的姿势，双膝曲着似乎想要朝女儿下跪，二嫂正哭喊着紧抱住她。大概是这个动作耗尽了老人的最后一点力气，待我和二嫂把她的身体重新在床上放好之后，她只喘了几口气便溘然长逝。那时候她的儿子文道也已跑进屋，但我注意到老人的目光一直停在女儿身上，我想她对女儿怀着最深的依恋。老人的两个嘴角上最后显露出的一个神色是放心。

爹借钱为这位老人做了口挺像样的棺材，又举行了一个很不错的葬礼。老人入土之后，二嫂在坟上哭了许久，二哥作为女婿，文道哥作为儿子，分跪在二嫂两边。最后是文道哥先起身对姐姐说："别哭坏了身子！"说着就去搀姐姐，二嫂哭得起不了身。最后是二哥硬把哭得昏沉沉的二嫂抱回了家里。

老人死后没多久，那场很大的"革命"结束了。我们全家当时对这桩大事都没太留意。谁当官咱当谁的百姓！爹常这样说。倒是二嫂显出对这桩事的关心，她先是让我从学校找张报纸带回来给她看，后又几次问我："小弟，你说，以后上边会不会让种田的人都能吃上饭?"我自然不懂这类问题，只有摇头，不过我答应二嫂，以后记住常打听这类事儿。

又过了大约一年多时间，学校里纷传安徽和四川开始分田到户，老百姓种了粮食，除交一部分给国家外，剩多剩少都属于自己。我把这消息带回来告诉了二嫂，二嫂听后很高兴，见二嫂高兴，我便也高兴，我那时根本不晓得，自己带回来这条消息，会惹出一场祸……

9

出事时是在一个黄昏。

那个黄昏的晚霞绚丽无比，我踏着霞光从学校回到家里，心情畅快地正想拎上毛巾去塘边洗洗，娘从灶屋里出来说：

“小三，你二嫂在西坡地里掰苞谷，人家都收工了，她怎么还没回来，你去地里看看，莫不是她掰得太多，背不动了?”

“好哩!”我应一声，就往西坡的苞谷地里跑。我站在苞谷地头连喊了几声二嫂，没见回答。我估摸二嫂是走另一条路回村了，就又回到了家，但到家一看，仍不见二嫂回来。这时西天的霞光已灭，夜色已在村边游荡，娘皱眉想了想说：“她会不会下工后顺便拐到她妈坟上了？小三，你去坟上看看，她要是在那儿伤心，赶紧把她劝回来。”

我于是又向老人的坟上跑，这时夜暗已把人的目光缩得很短。我一直跑到坟地才看清，二嫂没在，但我却发现，坟前有一堆纸灰，这纸灰是才烧不久的，坟上也有脚印，于是我断定：二嫂到这里来过!

我回家把坟前有纸灰的事给娘一说，娘有些诧异：“非年非节，又不逢七，烧纸做啥?”正在这时，南南哭着要找弟弟川川，二哥喊了几声文道，因为川川平日总是由他背在身上的，但屋里屋外，都不见回答。平日文道看护村边庄稼，回家晚一点也是常事，娘于是又猜：“你二嫂可能在村边碰见文道背着川川，就坐在那里给孩子喂奶了，你们去村边看看。”

可二哥和我绕村走了一圈，边看边喊，也没见人影。到此，全家人才真有些毛了：究竟出了什么事？二哥说他进屋拿上手电，再出去找找，他进屋不大时辰，却忽然带着哭音喊：

"娘，快来看！"

我们一齐跑进二哥和二嫂的睡屋，在手电光下看见：床上整整齐齐放着两叠衣服，一叠是二哥的，一叠是南南的，两叠衣服中间，用一把木梳压着一张纸。我急忙拿过那张纸看，只见上边写着：

爹、娘、小南他爹、小弟：

我对不起你们！我和文道走了。孩子给你们留下一个，我带走一个。我会永远记住你们的恩情。我实在没法再在这里过下去。小南他爹，我从箱子里拿出了三十五块钱，我们好买车票。小弟，谢谢你告诉我四川开始分田到户，但愿你的消息确实，我们回到老家，只要凭力气能吃饱饭就行……

"天呀——"二哥痛彻心扉地叫了一声。爹扭脸对我急喊："小三，快去叫你福德爷！"

福德爷来了，他听罢我念完那封信之后，脸阴沉着说："不讲信义的女人！你能跑到哪里去？老二，老三，还有你们老大，我再给你们添两个小伙，车票钱由队里出，你们去追！就是追到她老家也要把她追回来！她实在不回，你们就把她捆捆背回来！找自己的老婆，天经地义！"

二哥哭着应："行。"

"还有，你们在沿途的大站，要记着下去找找！"福德爷又特别叮嘱。

于是，大哥、二哥和我，还有七旋和五清，连夜跑到火车站，坐上了南去的火车。

我们在第一个大站襄樊下了车，五个人散开，先在候车室内后到候车室外察看，福德爷的叮嘱确有道理，在车站旁边一个小饭铺前，我们果真看到了二嫂和文道，二嫂那刻正坐在地上抱着川川，他们显然是买好了车票正等进川的列车。我第一个看见他们，我站在暗影里观察了他们一阵，二嫂脸上罩着一种让人看了心里就难受的悲苦，她的两眼凄楚地眯起，默望着灯光闪烁的车站广场；文道眼中倒有一丝解脱了似的欢喜，他不时去看候车室门前的那架大钟，显然在焦躁地计算着列车进站的时间。

二哥是哭喊着扑向二嫂身边的："秀妮——你怎么能走？"

二嫂和文道哥被突然扑到面前的二哥惊呆了，当二哥抱着二嫂的身子呜咽时，我看见大股的泪水从二嫂眼里奔涌而出，我听见她绝望地仰天哽咽着喊："天呵……"

"回家吧，跟我们回家吧！"二哥哭着说。

"不，让我们走吧，为了孩子，也为了你……"二嫂也哭着讲。

"没有你，咱们南南咋办？没有你，我还能活下去？……"二哥摇着二嫂的身子叫。

"不，不回！"文道这时口气强硬地叫，他的病这时已经好了，身子和我们差不多一样强壮。

"不回？"七旋那当儿从提兜里掏出一盘预先准备好的麻绳，慢腾腾地将它们抖开。

二嫂停了哭声，睁大泪眼惊望着七旋。

"二嫂，"七旋吃力地笑笑，"福德爷交代过了，说你们要不回的话，让俺们捆了背回去！"

文道冷然看我们的眼里充满了恨意。

远处的候车室里，隐约传来一阵喧嚷声。

"文道，咱们跟他们回吧……"二嫂带着哭音说。

"不，我要走！"文道执拗地叫。

"那我……求你了……"二嫂已是泣不成声……

10

我们是第二天晌午时分又坐车回到家的。那时候，村里人都知道二嫂带着弟弟和一个孩子跑了，如今见我们回来，便都过来看热闹。福德爷以长辈和队长的双重身份，对二嫂进行了一场审问："秀妮，说说你跑的原因，是你男的打你了吗？"

"没。"二嫂的声音很微弱。

“是周家待你不好，没让你吃饱吗？”

“不是。”

“是因为叫你挣工分太多，干的活太累？”

“不是。”二嫂双眼望地，紧紧搂着她的两个孩子。

“是周家舍不得花钱，没让你穿好的？”

“我们想家。”二嫂说。

“想家没有说不让你回家呀，你只要说你想回娘家看看，我会让二河买车票同你们一块回去！可你为啥不告而别？”

二嫂没再说话，只有两滴泪水从她的眼角渗出，盈盈欲滴。

“秀妮呀，人活世上要讲个良心，你们当初三个人逃荒到俺们这里，黄皮寡瘦，破衣烂衫，是老周家收留了你们，让你们吃，让你们穿，让你们住，给你妈养老送终，给你弟弟治病，你们如今怎能够一走了之呢？”福德爷的声音里含了怒。

二嫂没吭，只任那两滴泪水掉下来，在脸上滚动。

“想想吧。”福德爷站起了身，“从今往后好好过日子，人就活几十年光景呵……”

自此之后，二嫂便实际上失去了自由。

福德爷挨户给我们的邻居姑嫂婶奶们交代：“今后都替二河留点神，甭让秀妮跑了，娶个媳妇不易！”

爹和娘自是小心防范，二嫂去地里干活时，娘总要找个姑娘、媳妇交代："收工时和俺们秀妮一起回来。"娘这时已不再下地，在家照看南南和川川，一刻也不离两个孩子。

文道哥照样在看护庄稼，但福德爷又给他配了个老头做伴，这样，他的一举一动便也在掌握之中。

二哥更是睡觉也留一只眼，有时二嫂说要去镇上买个针头线脑，二哥就是再忙，也总要陪她一起去。

二嫂自然感受到了这种无时无处不在的监视和防范。我注意到她常常站那里发呆。有天晚上，二嫂送水给文道哥洗脚，我当时不在，回来时隔着门缝看见，姐弟俩正相抱在一起默默流泪，我无言地退到院里，直到二嫂自己开门出来。

日子就这样一天一天被打发走，随着时日的堆积，二嫂和文道要走的心事也渐渐被压死，一切又回复到往日的局面。

也就在这当儿，我们这边开始了划分责任田，种多多吃，种少少吃，这种政策令我们这类不怕下力气的农户十分欢喜。高兴中的我们根本没想到，这种政策也会给二嫂提供离开我们的机会！

11

生产队分责任田时，除了按人头之外，还照顾户头。每个户头，多分半亩。爹为了想多要半亩地，便把我们家说成是两个户头，说是二哥一家要同我们分开另过。这本来是个多要土地的计谋，不料二嫂听说后，便同二哥商量，干脆同爹娘分家，也好让爹娘过几天没有累赘的舒心日子。二哥想想也是，便同爹娘说了，爹娘先是不同意，说你们两口带两个孩子加一个残废人，负担太重，不如不分好。后见二嫂态度坚决，便也只好点头。反正儿子结婚后同爹娘分开过也属正常。分家后我跟着爹娘。

分开后二嫂他们五口人总共是十三亩土地，种好十三亩地靠二哥二嫂两人干还勉强可以，没想到的是这时又有一桩好事降临俺家：一个在县上工作的表舅为我们在县化肥厂争得一个计划内临时工的名额，干一月一百多块钱，问我们弟兄三个谁去。我那时一心想当兵，表示不干；大哥已经有四个孩子，走不开；于是就让二哥去。二哥挺高兴，一月挣一百多不是个小数！只是二哥一走，种地可就苦了二嫂，原以为二嫂不会同意，不料二嫂竟极力催促二哥："去吧，我会把地种好！"

二哥领了头一个月的工资回家时，娘把他单独叫到屋里交代："你挣的钱可不能交给秀妮，你要多长个心眼，她手里握多了钱，万一买车票跑了咋办？"二哥诺诺称是，就把大宗的钱交给娘保管，只拿几块零钱装在衣兜里。

二嫂倒真是能干，十几亩地她硬是咬牙种了下去。给麦地锄草时，别人两天就锄完一遍，她锄一遍得十来天，每日抡一张近十斤的大锄，一天下来腰酸背疼，可她回家后还得做饭还得喂猪。文道基本上帮不了她什么忙，只是帮她照看两个孩子。

将近麦收前的一个月末，二哥从城里回来，二嫂那天晚饭后叫住我说："小弟，你来帮个忙！"我随她走进她和二哥的睡屋，她带了笑说："我和你二哥商量了，他在厂里挣的钱由他积存起来，以备将来急用；我在家种地挣的钱由我保管，供全家吃饭穿衣和日后孩子上学用，两个人谁也不问谁要钱。你替我们把这个意思写到纸上，算个凭据，怎么样？"二哥这时就笑望着二嫂说："立了字据你可别后悔！"二嫂说："放心，我不会后悔！"

我看他们俩都笑着谈论这桩事，以为不过是个儿戏，便就笑着为他们写了张字据，一式两份，让他们都签了名，我作为见证人也签了字，而后交给他们一人一份。

这桩事过去，我还向爹娘当个玩笑谈起，我那时根本不知道，这是二嫂用的一个心计，是她为实现自己的最终目的而下的一着棋！

那年夏季的收成还可以，二嫂所种的麦子亩产在四百斤左右，在村里算是中上等，但十几亩地的总产就挺可观，交了公粮之后，还剩两千多斤，这一下子解决了全家人整年吃白面的问题。村里人都夸二嫂能干，可二嫂不说不笑，又把眼盯住了秋庄稼。她种了五亩红薯、三亩棉花、二亩黄豆、二亩苞谷、一亩芝麻。那个秋季二嫂真是忙坏了，翻罢红薯秧就得打掐棉花，打掐棉花的同时还要剔苞谷苗、芝麻苗，每天她总是最后一个从地里回来，进村时裤子、褂子都要被汗湿透半截。娘看见了好心疼，总催我过去帮助干，二嫂见我过去帮忙，每每要说："小弟，我干得了，你去歇着吧！"

那年秋里老天爷开了眼，给了个"通收"年景，百姓们俗话叫"样样收"，就是每样庄稼都丰收。二嫂庄稼整得好，产量比一般人家都高，红薯亩产近四千斤。卖罢公粮卖罢棉花，二嫂手里起码攥有一千多块钱。娘这时心里有些发慌，悄声给爹说："她有了钱，别再生了要跑的心！"爹说："看紧一点，要跑就按福德爷交代的办，把她捆回来！"

二嫂却并没有要跑的意思。收罢秋种罢麦之后，一般人都是上街赶个闲集看热闹，在家相聚一起打个扑克寻快活，静静享受丰收年景带来的舒服，但二嫂却又想了个挣钱的新主意：让我帮她在房山墙旁边搭了个席棚，又帮她去集上买来了几斤茶叶和二十来斤散装白酒，她开了个兼营茶水和白酒的小馆子。我笑她这是瞎折腾，赚不了什么钱的，不料开张之后生意还真兴隆，本村和邻村的人平日没有个玩的地方，如今竟都拥了来，二嫂又买有扑克牌、象棋、军棋，有钱的买杯酒坐那里玩牌，没钱的要杯茶坐在那儿下棋。文道哥负责烧茶水；我秋后验兵没验上，嫂子也拉我来帮她照应。

随着天越来越冷，户外的活动越来越少，来小馆热闹的人就越来越多。这时，二嫂就又想了新主意：中午和晚上兼卖担担面和煎凉粉。担担面是四川的特产，二嫂整出来的担担面和本地的面条不是一个味道，吃起来格外新鲜有味；煎凉粉更是二嫂的拿手好戏，光调料她就弄了十几种，煎出来的凉粉白中透黄，黄中有白，吃到口中又香又辣又麻又酸。有了这两样吃食，一些玩牌下棋的到了饭时便不回家，要碗担担面要碗煎凉粉一吃作罢。

到了春节前，每天晚上结账时，我留意了一下，差不多收入总在四十块钱以上，至此，我对二嫂才更加佩服起来。

12

二哥一般是每个月末回来住几天，接着又走。他这两次回来见二嫂做起了生意且能赚钱，也很高兴，二嫂钱赚多了，家中的花销就更不用他操心，他挣的钱便可以安心积攒起来。他每次到家，二嫂对他照料得也极好，又煎又炒的，让他离开时都很快活。

过春节的时候，二嫂用她挣的钱，给爹、娘、大哥、大嫂和我以及大哥的几个孩子，都买了礼物，或是一双棉靴或是一条头巾或是几包糖，还特别买了两条茅庐烟和两瓶南阳白干给福德爷送下去。全家人都欢喜得闭不拢嘴，福德爷也捋着胡子说："嗯，秀妮这媳妇能干！"

那时谁也不会想到，一桩事情其实正在向我们逼近。

春节过后，随着地里活儿变多，来小馆喝茶喝酒的人日渐变少，我以为二嫂这时要罢手了，岂料她由自己擅竹编的本领，又想起了新的挣钱主意：编竹器。她用自己赚得的钱买来竹子，然后劈竹破篾，编起了竹篮、竹盘、竹筛、竹筐、竹席、竹椅、竹床等物。竹子是南阳的一大产物，南阳这地方的土质、气候和雨量都适宜竹的生长；历史上南阳竹就很繁盛，元朝李衎在《竹谱详录》中曾专门记述了一句："南阳有笙竹，亦名李竹。"南阳竹的韧性特强，篾的质地也好，纹理通直，坚硬光滑，用途十分广泛，可惜过去人们只是用它盖房、做农具柄，偶尔也编个竹筐用用，并没想到用竹编去大笔赚钱。二嫂如今编起竹器来，都是一套一套的，比如竹篮，有长方形的，供挎着走亲戚；有瓮形的，供立着放东西；有小而圆的，近似花瓶，供城里人插花用；有拳头大小的，供小孩做玩具。所以买主很多，一开始来买的人只是些乡村农民，渐渐扩大到柳镇和县城的工人、干部。到秋后，二嫂就又大赚了一笔钱。她这时征得福德爷的同意，在村边的一个空场上，一下子盖起了四间瓦房和一间灶屋。村里人看见，都为二嫂的有钱和气魄赞叹，爹娘也觉得荣耀，二嫂从老屋往新屋搬东西的那天，爹亲自买了一挂鞭炮，在新屋门前放得乒乒乓乓。

见二嫂自己动手盖了房子，爹、娘和二哥才完全相信二嫂不会走了，并最终解除了对她的监视和跟踪。二嫂此时算又恢复了自由。二哥还正式对二嫂表态："日后卖竹器，你愿去哪里去哪里，不必再和娘说了。"二嫂听罢，抿嘴笑笑。

到了下一年春上，二嫂的竹器生意越做越盛，她又雇了七八个手巧的姑娘和小伙跟她学着编，编出来的竹器开始成批卖给县里外贸公司。她的竹器有的一上来就是彩编，有的是编后又画了图案，上边还正式贴了商标："中国南阳竹编"。二嫂这时已把土地让给了一个邻居去种，自己全心扑在了竹器生意上，她渐渐把当初随意搭起的席棚变成了用毛毡盖顶的工房，而且在一个中午堂皇地在工房门口挂了个招牌：中国南阳竹器厂。

二嫂的举动令全村人吃惊。

挂起厂牌的那个中午，福德爷在牌子前来回走了三趟，末了站住了自语：好一个有本领的媳妇！

二嫂的作为也震动了社会，柳镇的镇长破天荒地进村子参观了她的竹器厂，一个穿着牛仔裤的女记者带着照相机采访了二嫂，她问二嫂："你怎么想起了要编竹器?"二嫂那天答："因为有桩事逼着我想法挣钱。""什么事?"那女记者再问时，二嫂却摇头没答。

二嫂开始为生意频繁地外出。有天我去镇上办事，瞥见二嫂从镇里的法庭匆匆走出，我当时一怔：二嫂去法庭做啥？卖竹器还要法庭批准？这事过后我也就忘了，我并不知道那是一个征兆。

震惊我们全家的事情到底来了！

那是一个正午。天蓝得纯净无比。

13

二哥是头一天后晌回来的，他并不知道要出事，他是正常歇班。

事后他回忆说，他头天后晌到家时，有两桩事曾让他感到意外但没有太留意，一桩是文道见他回来，破例地对他点头笑笑。自从二哥与二嫂结婚以来，文道的目光从来就没朝他直视过，更不用说朝他笑了，在二哥面前，文道从来都是面色阴沉、低头而过，所以这一笑使他稍觉意外。另一桩是那晚二嫂下厨一下子做了八个菜，而且摆上了酒，像招待贵客一样地招待他。其实还有一桩，是二哥悄悄给七旋说的后来七旋又告诉了我：二嫂那晚在床上以从来没有过的顺从主动，让二哥快活了几乎一夜，二哥当时有一种成仙也不过如此的感觉。

第二天吃过早饭，二嫂对二哥说：“你去告诉爹、娘、大哥、大嫂和小三，让他们晌午都过来吃饭，我准备了一桌酒菜。”二哥当时惊异地笑道：“非年非节的，请他们过来吃饭做啥？”二嫂当时也笑着反问：“当儿子儿媳的，挣了钱就不该请爹娘吃顿饭了?”二哥于是就点头说:“好好。”他以为二嫂挣多了钱高兴,想借他回家歇班的机会让全家聚餐庆祝。

晌午时我和爹、娘、大哥、大嫂还有几个侄儿都到了,二嫂含笑把我们迎进新屋。桌上的菜十分丰盛,而且摆了两桌:一桌大人们坐,另一桌在隔壁,让文道哥和大哥的四个孩子、二哥的两个孩子坐那里。二嫂一开始并没说什么,只是给大家敬酒,先敬爹、娘,后敬大哥、大嫂,给我也倒了三杯,最后给二哥也极其庄重地敬了酒,全家人都以为二嫂办成了竹器厂心里高兴,今日是特意庆贺,便都尽情地说笑吃喝,直到吃喝将毕时,二嫂才声调微颤地开了口说:“全家都在这里,我心里有句话要说出来,请你们多多原谅!”

“啥事?”娘见二嫂态度如此庄重,忙问。在座的也都一怔,用目光去问二哥,二哥也懵懂地摇头。

“我想和南南他爹离婚!”二嫂蓦然说出这句,就低了头。

像突然拉断了声音开关,屋里的一切话声笑声戛然而止,一个菜盘里的汤汁溢出来,沿着桌沿往下滴,滴答声大得惊人。

“你们一家的恩情我终生不会忘记,南南他爹对俺的情意俺也会一辈子记在心里,日后,我会想法报答!”二嫂又低低地开口。

一家人都还待在那儿,都还没有做出反应,爹原准备擦了火柴点烟，如今火柴就捏在手里；娘正在用左手撩鬓边的那抹白发，此刻，那缕白发还停在她的指间；大哥正端杯欲喝酒，酒杯便靠在唇边；大嫂夹菜的竹筷还伸在盘沿；二哥呆得最厉害，眼睁到极大，身子稍稍后倾，手抓住椅子扶手，那模样极像是突然看见脚前就是深渊；我只把双眼定定望着二嫂，等着她说出原因。

“为啥？为了啥事呀——”娘最先从呆怔中清醒过来，呻吟着叫。

“娘，”二嫂轻轻地喊，“我想老家呀……”

“你胡说！”二哥这时爆发了似的跳起来叫，“你是因为有了钱，想要扔开我！你这个四川女人！你这个贱货！你这个忘恩负义的东西！你这个婊子！你……”

一向口讷的二哥骂出了最恶毒的话。

二嫂低头默默听着，待二哥歇气的当儿，又轻声说：“离婚后，这些房子全留给你，南南跟着你，川川跟着我——”

“你说那算放屁！”二哥猛地向二嫂身边蹿去，抡起拳头朝二嫂脸上打了一掌。大哥和我见状，急忙上前扯住了二哥。

二嫂没做一点反抗，二嫂只抬手抹抹嘴角的血，又低了声说：“我知道这会伤你的心，可我没有办法，原谅我……”

隔壁的孩子们和文道听到了这边的叫骂，也都停了吃喝，跑到门口惊恐地朝屋里看，文道默然站在他们身后。

“我家老二不离!”一直坐在那儿的爹这时突然开了口，“离婚是双方的事，我家老二不离，你就离不成!”爹的声音里带有一些冷酷的成分。

二嫂抬起脸依旧轻言轻语地说：“爹，事情我已经办得差不多了。你记得吧，我和南南他爹当初没有去政府登记。”

爹倒抽了一口冷气。

二嫂这当儿走到门口，朝旁边一间屋子里喊了一声：“赵律师!”喊声刚落，那屋里立时就走出来两个人，径直进了我们这间屋。

“爹，这是县上的赵律师，这是镇上法庭的林庭长。”二嫂轻声介绍。我一惊，这才记起我刚才来时碰见过这两个人，因为平日来找二嫂买竹器的人太多，我以为是两个做生意的，便没有留心。此时我方明白：二嫂今天的举动，是预先就计划好的，精心做了安排。

“秀妮同志和周二河同志的婚姻，”那姓赵的律师望着爹说，“因为当初没去政府登记，按说不受法律保护，就是说可以随时离散；但考虑到已成事实婚姻，法庭也可以过问并判决。现在秀妮同志一方提出离婚，究竟可不可以判离呢？为此，我和林庭长他们专门做了研究，我们认为这是动乱年代的一桩不正常婚姻，是可以判的!”

爹被这种咬文嚼字的说话吓住，一时没有吭声。

“其实，这件事如果经由法庭处理，”那个姓林的庭长这时也开口说道，“和秀妮同志提出的意见差不了多少，也许在财产划分上，还要不利于你!”他望定二哥说：“自你参加工作后，你的工资一向是单独存的，这个家实际上是由秀妮同志支撑的!”

二哥的双唇动了动，但没有声音。

“好了，赵律师、林庭长，谢谢你们！剩下的事让我们一家来商议吧。”二嫂这时低声说道。那两个人闻言点点头，和二嫂握了握手，便出门径直走了。

一个女人把事情安排得如此周密，不能不令人惊异。我当时重新打量二嫂那张已有不少细小皱纹的脸，从心底里发声赞叹。但我心中又觉到了一股难抑的难受：二嫂为什么非要离婚不可？二嫂如果实在想回四川老家，也可以把二哥带过去呀，为何一定要走这条路呢？

“爹、娘，我本来是不想惊动外人的，”二嫂这时又颤颤地开口，“可我怕说服不了你们，说实话，我一开始是想悄悄带了川川和文道回老家的，但我担心你们焦虑，担心你们又要找去，同时觉着那样做也对不起你们，所以我就这样做了，原谅我吧……”

“秀妮，难道你真的就狠心抛下我和南南？”二哥一定是被赵律师和林庭长那番话吓坏了，这当儿一边凄惨地叫着，一边扑过去抱住二嫂的腿。

“我也是没有办法呀！……”二嫂捂脸哭了。

娘示意我搀起二哥，一个男人当着父母的面朝女人跪下去，父母脸上挂不住。

我用力把二哥从地上扯起……

14

那天后晌，爹和娘闷坐在屋里，一动不动；二哥躺在床上，哭骂不绝；大哥和我不知该怎么解劝，最后去把福德爷叫了来。

福德爷听罢情况之后，脸顿时也冷了下来，他磕了磕烟锅说：“看来当初不该让她卖茶卖酒做竹器生意，她手上一有钱，翅膀就硬起来了。既然这事儿法庭都已经知道，如今便只剩了一个法子可以制她，就是不给她孩子！两个孩子都是咱周家的后代，一个也不给她！女人总是心疼孩子的，一个孩子也不让她带走，差不多就能扯住她的心让她走不成！”

爹娘听罢眼睛一亮。

“你去对她说吧！”福德爷指了指娘。

娘起身要出门时扭头喊我：“小三，你跟我一块儿去。”

到了二嫂的新屋，娘一反往常说话时的慢声细语，而是冷厉决绝地宣布：“秀妮，你和俺家二河离婚可以，但南南和川川一个也不许带走，他俩都是俺周家的后代！”

二嫂听罢果然慌了，忙带着哭音说：“娘，两个孩子总该让我带一个吧，我是他们的妈呀，一个也不在我身边，我还怎么过日子？”

福德爷看得真准，这是二嫂最疼的部位。

“你怎么过日子我不管！”娘狠声狠气地说，“反正周家的骨血你休想带走一个！”

“娘，我求你了！”二嫂扑过来抱住娘的胳膊摇，边摇边哭着哀求：“娘，可怜可怜我，我一个孩子也没在身边可怎么活？……”

娘有些得意地闭了眼，任二嫂在那里哭求。

见娘一直不应声，二嫂慢慢停了哭求，抹了抹眼泪，像下了什么决心似的开口低声说：“娘，既然你这样逼我，我只有把实情说给你了，那川川不是你们周家的骨血！”

“啥？你说啥？”娘像遇见鬼一样地后退几步，一连声地叫。我也骇然地屏气把眼睁大。

“娘，难道你就一直没有细看过，南南和川川长得根本就不一样？”二嫂说着，眼泪又流了出来，“我知道这会伤你们的心，可这是你逼我说出来的呀……”

“老天哪——”娘双手捂脸奔了出去，迈步踉踉跄跄，她被这陡然而来的羞辱气蒙了。我看一眼跌坐到椅子上的二嫂，急忙跑出去扶娘。

福德爷还默然坐在我们家里，他噙着烟锅听娘哭诉，娘哭诉完的时候，福德爷的脸已变得铁青，左颊上的那片皱纹开始扭动。他取下烟锅去磕烟灰，然而只磕一下，那烟锅便被磕断并嗖的一声飞出了窗外，窗外正觅食的一群鸡被飞出的烟锅吓得轰然四散。“好嘛!”福德爷慢腾腾地站起身，“一个周家的媳妇当面给她的婆婆说她养的孩子不是周家的骨血，好嘛！我们周家当面被人往头上脸上抹屎抹尿还没有过，今儿有了！好嘛！我今儿个倒要看看她这个女人有多大胆量！老大，去，叫你四钦叔敲锣，集合全村人，都去竹器厂!”福德爷对大哥指派道。

“福德爷，也许秀妮是为了要孩子而胡说的!”大哥不安地提醒。

“我不管她是不是胡说!”福德爷阴沉地瞥了一眼大哥，“我只管她侮辱了我们周家！我们周家还从没有让一个女人这样侮辱过！你快去!”

大哥只得走出了门。

“老二!”福德爷转向二哥。二哥刚才听了娘的诉说后，已经气红了眼睛，一直想要冲出去找二嫂算账，但被爹死死抓住了手脖。“你不是想打她吗？福德爷我同意你打，而且要打狠!”

“看我不揍死她!”二哥咬牙叫道。

“跟在我身后，按我说的做!”福德爷的烟袋杆在地上顿，“你不要打她的头和胸，要单打她的脚，把她的两个脚脖全部打断！要让她从此走不出周家庄，让她生是周家的人，死是周家的鬼!”

“福德爷，把人打残废是犯法的!”我慌忙叫道。

“男人打老婆犯什么法?”福德爷把凶狠的目光转向我，“他们如今还没离掉，还是夫妻！这是在执行家规！打，打出问题我顶着!”

“不，不行！我急忙上前攥住福德爷的手，我固然也气二嫂，但我却恨不起二嫂来，我不能看着他们把二嫂打残!

爹狠狠地瞪我一眼，叫道：“小三，一边去!”

“滚开!”福德爷甩开我的手，用他的烟袋杆猛敲了一下我的膝盖，在我疼得咧嘴的当儿，他用他的烟袋杆做拐杖，威严地走出了门。

呵，二嫂！那一刻，二嫂平日待我的好处全涌进了脑里。我一定要救她！可怎么救？全庄的周姓人都只会听福德爷的。

哐哐哐……急骤的锣声响了，这个召集族人的信号已经多年不用，如今乍听到它在黄昏时分的村庄上空响起，竟是那样令人心惊……

15

我忧心地跑到二嫂的新屋门前时，村里的族人们已全围在了那儿，福德爷正拄着他的烟袋杆，低声而冷厉地对站在门槛外的二嫂说："……你今儿个要当着老周家的男女老少，把话讲明白，既然川川不是周家老二的骨血，那他到底是谁的儿子?!"

二嫂显然没有料到会有这场面，双眼里满是惊慌，她听了福德爷的话后，脸通红地把头低了。

"说吧！多少年了，还没有哪个媳妇敢这样给老周家头上抹屎！你今儿个不说清楚，甭说离婚回四川了，想离开这个院子都难!"福德爷咯出一口痰，声音变得更重更响。

二嫂仍默然垂首站在那儿，一动不动。

"快说!"福德爷的声音里加了暴躁。

二嫂还是一声没吭。

"好嘛，你以为你不张口我就没办法了？二河、墩子、八斗、归河，你们四个来!"福德爷那森冷的目光从二嫂身上移向人群，朝二哥和三个中年汉子喊，"给我把她绑了吊起来，用家法!"

二哥和那三个我都叫叔的汉子闻唤从人群里走出，手上拎着麻绳和竹板。

“你们敢！”一声吼叫突然从屋里传出，伴着这吼，文道手里攥一把锋利的镰刀，奔出屋门，拦在了他姐姐秀妮面前，“谁敢动她一指头，我就砍死谁！”

福德爷的眼瞥了一下文道，慢腾腾地说：“我们老周家这是在管教自家的媳妇，上合天理下合族规，你作为老周家的亲戚，无权插嘴，赶快走开，不然，最后躺在这地上的，只会是你！你要知道，这全村几百口子人可是都姓周。”

“我跟你们拼了！”文道双眼瞪大晃了晃手中的镰刀，锋利的刀刃被将坠的夕阳涂上了一层血红。

“好嘛，我倒要看看你怎么个拼法！”福德爷的牙咬了起来，话音从牙缝里一点一点蹦出，“周家的小伙子们，给我上来，先把这个不懂礼法的生坯子亲戚捆了！”

人群中的小伙子们呐一声喊：“好——”便都往文道这边挤，正在这紧要当儿，一直无音静立在那儿的二嫂突然开腔：“福德爷，我说！”

人群一下子静了下来，人们的目光重又对准二嫂。二嫂这时眼中已无惊慌，只有一种下了决心后的平静。

“我在等着！”福德爷顿了顿他的烟袋杆。

“那孩子是文道的！”二嫂突然说出这样一句。

“啥?!”福德爷被这句话砸得向后退了一步，所有的人都震惊至极地望着二嫂。乱伦！一个判断在我的脑里一闪。看来，二嫂今日是必死无疑了，族人决不会放过这种可怕丑恶的事情。

“我们并不是亲姐弟!”二嫂平静地迎着福德爷那可怖的目光，“我们俩邻村住着，我喜欢他，他喜欢我，我们订了婚，可不久他忽然得了那种浑身关节变形疼痛的病，他家原本就穷，四川人那阵本来就吃不饱肚子，为他治病又几乎卖掉了家里所有值钱的东西，他的妈也有病，那时，他们娘俩面前只有一条路：饿死！我偷偷跑到他家，告诉他，还有一条路可以走，就是他和我不结婚，从此变成姐弟，我出川嫁人养活他们娘俩。他不许，他抱住我哭，他说他死也不愿。我说，你死我死倒也罢了，难道也叫妈妈死？他是孝子，他最后只好应允。我于是领他们娘俩来到了你们这儿……”二嫂喘了一口气，把目光从福德爷脸上抬起，放到远处的一个墙角里，又接着说：“我嫁了南南他爹，村里人和他们一家待我很好，南南他爹也是好人，可我的心总安不下来，我想你们能明白，我一看见文道就心里难受。文道的心也一直苦着，我理解他，眼看自己的女人跟了别人，咋能不苦？后来我看出他有想寻死的念头，我的心真受不了了，便开始安慰他，当然不是以姐姐的身份，我那时想，老天爷会原谅我这样做的。我们常常在村边偷偷相会。每次相会，我们都非常害怕，我们知道一旦被发现会是什么后果！后来，我又想，我要为他生个孩子，万一我先他而死，也好让他老了有个依靠，也不枉他爱了我一场。这样，我就怀了川川……我那时已经认命，我只想把两个孩子都养育大，让他们日后去照料我的两个男人就行。我不知道世道还会变化，还会变得让人凭本领吃饭。村里开始分责任地的时候，我的心动了，我想，我只要有了钱，我就能不再过眼下这种把人心活活撕两半的日子。你们周家的女人没过过这种日子，你们不会知道我的苦状，平日，我要是稍对南南和南南的爹亲热了，文道就会气得死去活来；而我要对川川和川川他爹亲热时，又唯恐被人看出什么破绽，我实在不想再过这种日子了！我于是拼命想法挣钱，我总算如了愿。我有了钱后，先想出钱为文道娶个女人，让他带上回四川过日子，我在周家过一辈子算了，可文道至死不愿，而且这样做他也带不走川川；没办法，只有我和他一起走了，说实话，我也不愿离开南南和南南他爹。可我总得舍一边呀！如今，你们既是要执行家法，倒也好，倒也少让我的心撕两半活活受罪，杀了我吧！快杀了我吧，福德爷——”

二嫂哭着猛地朝福德爷跪了下去。

原本就静的院子静得更加彻底，连掠过房檐的风也骤然间停了声息。

所有的人都和我一样，把眼睛盯住了福德爷的嘴。

福德爷却慢慢把双眼闭了，他似乎被二嫂那一大通诉说弄累了，他的手捏紧那根烟袋杆，像是要把它捏碎。

仍是静寂罩满院子，哪个女人怀中的奶娃哭了起来，但哭声刚起便又戛然中断，显然嘴被奶头堵了。

不知过了多久，福德爷的眼才又重新睁开。我注意到，他眼中的那股森冷和可怖没有了，浑浊的两只老眸上罩了一层水汽。他先是抬起那根烟袋杆朝人群挥挥，嘶哑地说道："都回吧！"随后缓缓地弯腰去搀二嫂："起来吧，孩子，你该早给爷爷说明白。"

二嫂哇的一声扑到福德爷怀里放声哭了。

"甭伤心，孩子。"福德爷轻轻拍着二嫂的肩头，"爷爷给你想了个心不撕两半的法子，你和二河离婚后，先回四川老家看看，然后再和文道回来住，这里不是还有你办的竹器厂么？"

"福德爷——"二嫂哽咽着喊。

二哥和文道哥都抱头蹲了下去……

16

一个多月后，由福德爷做媒，二哥和邻近的楚家庄的一个姑娘结了婚，新二嫂模样长得也还不错，人也实诚，只是我只叫她嫂子而不叫二嫂，我觉得二嫂这个称呼，已永远地给了川女秀妮了。

二嫂和文道哥此后仍办着那个竹编厂，厂子规模逐渐扩大，有些产品经南阳外贸已销往了好多省份。二嫂的变化是略有些胖了，但和同龄的妇女相比，身形仍然苗条。平日闲暇时，二嫂常来家里坐坐，和娘说一阵家常。逢年过节时，二嫂和文道哥总要带上礼物来家里看看。

我每次见了她，总还是叫她二嫂，她听见我唤，仍是立刻回头朗声应道："哎，小弟，有事？"

南南、川川都已长大，并且相继高中毕业，兄弟俩的嘴唇上都有绒毛毛了。南南一直跟着我爹娘生活，川川跟着二嫂。

儿子大了，钱有了，二嫂脸上从此常常露着笑容。但谁也没想到，那笑容不久竟又会被一点点抹去。

最初的一抹是在一个晚饭后。二嫂听说南南谈的一个对象吹了，过来安慰儿子，谁料母子俩刚说了几句，南南突然瓮声瓮气地说："妈，你回四川吧，别在这儿住了！"

"为啥？"二嫂当时一愣。

"你走了我安生，省得别人总说——"南南赌气地住了口。

"总说啥？"二嫂心揪着追问。

"说你同时有两个男——"

"南南，你胡说什么?!"娘打了孙子一掌，止住了他的话。

二嫂那晚往回走时，身子有些摇晃。

大约是一个来月后，二嫂又受了另外一次打击，经过我是事后听说的。

是一个后晌，竹器厂的工人们快下班时，文道检查工人们编织的竹器的质量，见一个男工编的几件竹器都不合格，一气之下，便朝那人叫：“你看你做这活儿像一个男人做的？”那人在羞恼之下张口回道：“我哪有你像一个男人，你把自己的老婆都送给周二河睡——”

“滚——”那一刻川川刚好也进了院子，听到这话疯了似的吼了一声。工人们下班走了之后，父子俩抱头蹲在屋里，久久不动。二嫂由外边送货回来，进门见这样子，忙追问缘由，那川川却突然转身对着文道叫：“爹，咱们回四川过日子吧，别在这儿住了！”

“好吧，既然你想回老家，那咱们三口人就回吧。”二嫂哑声接口，她这一刻又想起南南催她回四川的事，心酸地做了决定。未料到的是，川川听了妈妈这话，却突然冷声说道：“妈，我没说让你回，我是说我和爹爹回四川！”

“咋，为啥不让我回？”二嫂的声音里含着慌张。

“你回去，我们还是活不安生——”

“川川！”文道瞪了儿子一眼。

二嫂第二天没有起床。

二嫂大病了一场。

今年夏天，我见二嫂越来越黄瘦，曾建议她去大医院查查身体，二嫂对我苦笑着摇摇头："不用，竹器厂里太忙。"

秋天，县里召开个体企业会议，文道哥自告奋勇说他去。文道哥这时已是红光满面，一身富态了。他穿上讲究的西服，打上领带，换上皮鞋，头发梳得溜光地进了城。会上，主持人介绍各位企业家，介绍到文道哥时，顺口说道：这位就是竹器厂女经理韩秀妮的丈夫，当年韩秀妮就是领着他远嫁我们南阳地界，一边给他看病一边积攒办厂资金，不容易啊……众人一听噢的一声，都把目光对准了文道。文道的自尊心哪受得了这番介绍？当时就面红耳赤，对那主持人恨得咬牙切齿，气得会还没开完就回了家，到家就对二嫂吼："你说你还叫不叫我活了?"

二嫂一怔："怎不叫你活了?"

"你要是还想叫我活几天的话，咱们就离婚分家！我是再也受不了了，外人动不动就说你嫁人养活我，你说我这脸还往哪儿搁？你他妈的当初也是贱，为什么偏要来这个鬼地方不可?!"

二嫂只来得及哦了一声，就晕倒在了地上。

二嫂又病了一场。

前不久，二嫂病好后，要文道哥和她一起去镇上法院办离婚手续，文道哥先有些犹豫迟疑，后来二嫂发了火，二嫂说："你要是个男人，就该跟我去！"川川站在父亲一边，川川说：

“爹，去吧，要不大家都活不快活!”于是，文道哥和二嫂去了法院，法院为他们办了离婚手续，并把财产一分四份，文道哥一份，南南一份，川川一份，二嫂自己一份。

南南不要二嫂给他的那一份钱。

文道哥和川川是上个星期离开周庄走的，据说他们父子俩不打算回四川，他们要到一个没人知道他们身世的地方去，他们准备在那儿开个商店，他们手上有的是钱。

二嫂如今一个人过日子，常常在晚饭后，她会坐在一把竹椅上，静静望着昼光渐失、一动不动的天空……

向上的台阶

一

1

廖老七从儿子怀宝三岁起，就开始教他识字。这是廖家的规矩，孩子从三岁始就要“学写”，这倒不是因为廖家是书香门第有这种家教传统，实在是因为这是谋生的需要。廖家的祖产除去三间草房和几床破被，就是一方砚台和几管毛笔，此外再无别的。廖家几辈子都是靠在街上代人写柬帖状纸为生，作为廖家的长子，不识字怎么能行？

这小怀宝倒也聪明，四岁时就能把“上下左右天地大小金木水火”等字，用他爹那杆狼毫毛笔在老刀牌香烟纸上写了，而且写得很有几分样子。七岁时，便已能用小楷抄完《论语》。九岁时，小怀宝已把常用的柬帖格式全都学会。这时，廖老七出摊时，便把儿子带上，老七在前边一肩挂着那个装有笔墨纸砚的小木箱，一肩扛着那个窄窄的条桌走；小怀宝则抱着一条歪七扭八的长条凳在后边紧跟。父子俩到了小镇邮局门口，先将桌凳摆好，后把笔墨纸砚放开，再把托放在邮局门后那个写有“代写柬帖对联一应文书廖”的布幌在桌后的墙缝里插好，父子俩便在桌后坐了。小怀宝就开始研墨，用长条的墨块在大石砚上一圈圈旋转，不一会儿就有乌亮沁香的墨汁在砚里洇出来。这时老七就叫一声：宝，行了。小怀宝也就住手，坐一边聚精会神地看爹写，同时用手指在自己的腿上跟着照样描画，偶尔也帮爹挪挪纸。若是信封需要封上的，怀宝便伸出细细的手指，从一个瓶里抹些娘用高粱面打成的糨糊，小心翼翼地按爹交代的方法把信封粘好。遇到一些简单的请帖，如“请过重阳节”和“订婚请媒人”一类的帖子，廖老七便放下笔，手捋着下巴上的短须说：宝儿，你来！父子俩就互换位置，小怀宝拈笔蘸墨，先问一声来人姓啥名谁所请何人，而后小嘴巴一鼓，低首便在信封和信纸上写：

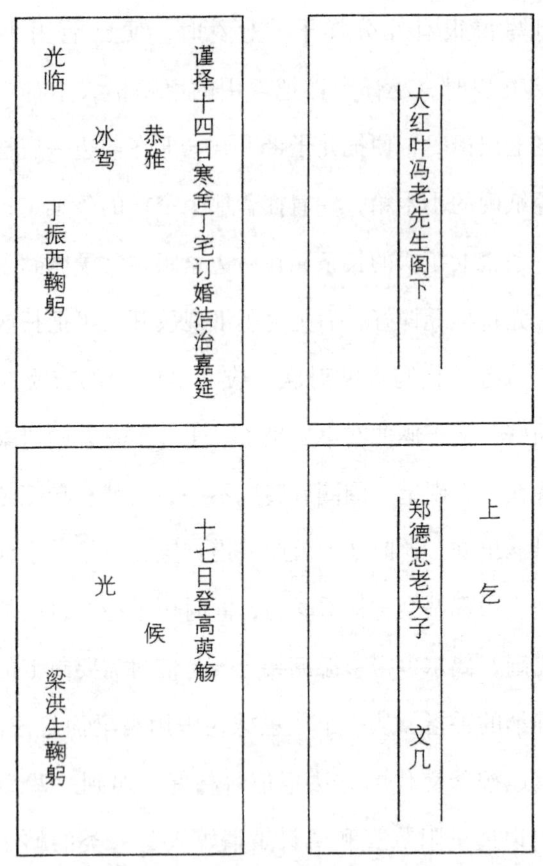

大红叶冯老先生阁下
谨择十四日寒舍丁宅订婚洁治嘉筵
恭雅
冰驾
光临
丁振西鞠躬
上乞
郑德忠老夫子
文几
十七日登高萸觞
候
光
梁洪生鞠躬

小怀宝每次写完，桌旁站的人看了，都要说声：好！怀宝这时脸就羞得通红。遇到来求写帖写联的人，不是立等就要的，廖老七就一边忙一边嘱怀宝：宝儿，把这位大叔要写的东西记下来！怀宝就摸出一个用旧纸装订的本子，把来人要写的内容和写讫的日期一一记下，而后收下润笔费。

润笔费不高。有时父子俩一天不停地写下来，所得的钱扣去纸墨费用，只够买二升苞谷，够全家人吃两天。当然也有好的时候，逢到急等寄信的人或慷慨而稍有钱的顾客，父子俩的中午饭就常由人家买来，或是几个烧饼或是两碗面条，这就省下一小笔饭钱。还有更好的时候，那就是大户们的“请写”，也就是富户们家里有事时把廖老七和儿子请到家里写字。每逢这时，所得润笔费就比平日多出许多，而且父子俩可以饱饱地吃几顿。但是，这样的好机会不多，怀宝记得最清楚的，是他十一岁那年到镇南头有两顷地的富户裴仲公的家里写字，整整写了三天，三天里顿顿可以吃到白馍、豆芽和猪肉，而且写完后整整得到了三斗苞谷，使全家人吃了许多日子。更重要的是，他就在那次认识了裴仲公的小女儿姁姁。

那是怀宝第一次走进富人家里，真是开了眼界，第一次知道人竟可以住这么宽敞的屋子。裴家有三进院子，前院住的都是长工佣人，中院住着裴仲公和夫人，后院住的是裴家老人和孩子，光是两个女佣住的那间屋子，就比他全家住的房子宽出一倍。写字桌就摆在两个女佣的房里。那次是裴仲公为大女儿举办婚礼请客，裴家的亲戚朋友真多，不说对联，光各式请帖就有几百封。怀宝那时已可正式执笔，父子俩每人一桌一砚，不停地写，不停地封，当然，中间，廖老七也暗示怀宝放慢点速度，以免少吃几顿饱饭。怀宝记得，在他们到裴家写字的第二天后晌，他正按爹给他的《婚娶喜联选》往红纸上写着：

“鸳妆并倚人如玉，燕婉同歌韵似琴”“缘种百年双璧白，姻牵千里寸丝红”，忽听一阵轻轻的脚步声响进屋来。怀宝停笔抬头，只见一个穿粉红绣花衣裳的俊俏小姑娘正站在桌前，歪了头看他写好晾放在地上的喜联，边看边小声念着。念毕，抬头瞪了漆亮的眸子问：你们这是为我姐姐出嫁写的吗？廖老七这时认出这小姑娘是裴仲公的掌上明珠——小闺女姁姁，忙起身答：是的，小姐！那姁姁这时就又说：给我也写一副好吗？你呀？廖老七笑了，还早哪。我是女的，也是要出嫁的呀，为什么不给我写？姁姁依旧坚持。好，好，给你也写一副。怀宝，你给姁姁也写一副！廖老七呵呵地笑了。怀宝就按爹的话，看一眼那《婚娶喜联选》，为姁姁写了一副：双飞不羡关雎鸟，并蒂还生连理枝。姁姁嫌一副太少，怀宝就又照着那喜联选上的顺序写了：且看淑女成人妇，从此奇男已丈夫。怀宝刚写完，那姁姁就高兴地提着两副喜联跑出了门。

这是怀宝第一次见到姁姁。姁姁给他的小脑袋里留下了一个聪明漂亮的印象。不过，仅仅是一个很淡的印象，没过几天，他就把她和那两副喜联忘了。他根本不曾料到，姁姁今后还会进入他的生活。多年后，当他回忆旧事重想起那两副喜联时，他才意识到，那第二副喜联选得不当。

怀宝十二岁那年冬天，一直卧病在床的廖老七的爹也就是怀宝的爷爷去世了。这个为人写了一辈子字的老人是在傍黑掌灯时分咽气的，像所有知道自己要远走西天的老人一样，枯瘦如柴的怀宝爷爷在咽气之前，也要把自己在人世上弄明白的最重要的道理留给后代，他那刻望着儿子、孙子断断续续地叮嘱：不能总写字……要想法子做官……人世上做啥都不如做官……人只要做了官……世上的福就都能享了……就会有……名誉……房子……女人……钱财……官人都识字，识字该做官，咱写字与做官只差一步……要想法子做官……官……

廖老七和怀宝那阵子都含泪连连点头。

仿佛要证明老人的遗嘱正确，第二年廖家就被一场官司推入到灾难之中。官司的起因很简单，镇公所所长新娶一妾，让廖老七给写喜联，廖老七写的是：好鸟双栖嘉鱼比目，仙葩并蒂瑞木交枝。廖老七写罢喜联，又紧忙为另一丧家写挽联，喜联和挽联放在一处。也是不巧，所长派人来取喜联时，廖老七和怀宝都不在家，派来的人不愿久等，就问怀宝娘哪一副是给所长家写的。怀宝娘不识字，就顺手指了摊放在那儿的对联说：你自己拿吧。不想那人也不识字，而且多少还有些呆，胡乱动手挑了一副八个字的对联就走，回去就贴，岂不知那是一副挽联，上边写的是：绣阁花残悲随鹤泪，妆台月冷梦觉鹃啼。所长一看就叫了起来，说这是故意毁人名声和家庭，当即告到了县法院。廖老七再三出庭辩解，法院仍判廖家赔款三十块大洋。可怜廖老七四处喊冤，终因原告是镇公所所长而未得改判。廖家只好卖了两间房子把款赔上。廖老七因此气病在床，整整躺了一年。廖老七病好起床时含泪对儿子怀宝叹道：还是你爷爷说得对，只要有一点门路就去当官，这世道只有当了官才能不受欺负……

怀宝当时听了也不过是苦苦一笑，心想谁会让咱去当官？他那时根本没有料到，一个巨大的变动正在中国的土地上发生，一个重要的机会正向他快步走来！

2

他们知道那个变化的发生是在怀宝十七岁那年的一个午后。当时，怀宝和他爹仍在镇街的邮局门口摆摊写字，怀宝那会儿正为一个哭哭啼啼的妇女写一状文，状告东唐村的村长。怀宝刚写一句："尊敬的橙州国民法院院长阁下"，忽听镇北响起一阵枪声，枪声中伴着汽车引擎响。眨眼之间，一长溜汽车便驶到了镇街北口，车上满是穿黄衣的国军士兵。父子俩见状慌忙搬桌拿凳躲进了邮局。两人隔窗看到，汽车队过去之后是马队；马队过去之后是步兵；步兵过去之后是伤兵担架队，队伍松松垮垮吵吵嚷嚷却又走得十分急迫。人车马整整过了一天，他们父子躲在邮局一天没敢出门回家吃饭。直到第二天早晨他们才知道，国民党第五绥靖区中将司令王凌云放弃了南阳城防率兵逃往襄阳，这整个豫西南已成了共产党的天下。第三天，他们看到一队穿便衣的挎枪的人来到街上贴一张毛笔写的公告，公告上写着自即日起柳镇回归人民手中，镇上店铺商号尽可以放心开张营业等等，末尾署名是柳镇工作队队长戴化章。十七岁的怀宝胆胆怯怯趋前看了那张公告后回家只给爹说了一句：那毛笔字写得太赖！

镇上店铺开始营业，怀宝家的摊子也照样摆了出去。摆出去的那个上午他们在写字桌前刚坐下不久，就看见三个挎枪的共产党人向他们走来，为首的一个膀宽腰粗二十六七岁，斜挂着的匣枪在屁股上一晃一动极是威风。父子俩第一次见共产党不免有些慌张，离老远就站起来点头哈腰打着招呼：老总好！不要叫老总，要叫同志！为首的那个走上前来朗声笑道，与此同时伸手摸了摸怀宝的头说：小伙子，你的毛笔字写得挺好嘛！边说边拈起一张怀宝正写的帖子放眼前看着。这时候怀宝闻见了从三个人身上飘过来的汗酸味和刚吃了蒸红薯的那股甜味儿。这熟悉的味儿让他对这些人的胆怯消去了许多，于是就开口说了一句：你们要是有什么写活叫我干我可以帮忙！是吗？那为首的习惯地摸了一下屁股后的匣枪，饶有兴趣地看着怀宝，同时把手中捏着的帖子递给同来的那两个人说：你们看看这字！那两个人看了一阵之后差不多同时点头说：队长，是不孬！怀宝这时才明白眼前站着的是共产党工作队的队长戴化章。你们家有几间房子、几亩土地？戴化章忽然转向廖老七问。回老总，地没一分，只有一间草房。廖老七毕恭毕敬地答。哦，这么说是属于城镇贫民。戴队长转向他的两个队员点头，然后就拍了拍怀宝的肩头说：小伙子，我们是一个阶级，愿不愿出来跟我们一起干？怀宝被“阶级”两字弄得有些茫然，问：干啥子？就是来镇政府干呀！我们正在筹建柳镇人民政府，正缺人才，你来当个文书，如何？戴队长又摸了摸怀宝的光头，动作中带着亲密和信任。不，不能呀，老总，廖老七慌了，全家人还指望他挣钱糊口哩！戴化章哈哈笑道：你以为当文书就不能挣钱糊口了？共产党能叫人饿死？你知道镇政府的文书是什么？用一句旧话，就是官！懂么大伯？

“官”！

这最后一句话起了决定性的作用，中国所有的老百姓都知道这个字的含义。廖老七和怀宝自然更懂，听懂了之后他们又有些吃惊：共产党的官就这样好当？

愿不愿干，小伙子？那戴队长又拍了拍怀宝的肩膀，有一种即刻要走的意思。

愿！怀宝尽管心中还有疑虑，但答得十分干脆，一种要改变自己穷困生活的潜在愿望使他本能地觉得，不应该丢掉这个机会。

那好，明儿上午你去镇公所找我！戴化章摸了摸匣枪就转身走了。

答得对！廖老七对儿子的表现很是满意，只要是官我们都当！

怀宝那刻扯了扯自己的耳朵，他对自己这选择是吉是凶是福是祸还心中无底。许多年后当他回望这一天时，他才明白这其实是他命运的转机，他能抓住这个机会并不是凭他的智慧、知识和对局势的分析，他凭的是本能！

有时对本能做出的选择也不能看轻！

3

新政府正急需用人，廖怀宝不仅识字而且字写得漂亮，就被看成了宝贝，他去见戴化章的当天，就被任命成柳镇人民政府的文书。

文书这个官当起来并不是太难，怀宝很快就胜任有余，无非是抄抄报表、发发通知、写写布告，一点也觉不出吃力。戴化章这时已是柳镇的镇长，他很满意怀宝的工作，见了面常拍拍他的头说：小伙子，干得不错！

怀宝现在常住在镇政府院里值班，那架手摇的直通县上的电话就由他守着，铃声一响，他便恭敬、肃然地拿起听筒，把县上的通知、通报什么的用毛笔在本子上工工整整记下，而后呈送镇长。逢到有人来找镇长办事而镇长不在，他便抻抻衣襟很庄重很严肃地出面接待，而且开口说话前必学戴镇长的样子，先咳嗽两声，然后再开腔。

街上的人都已知道怀宝在政府里做事，平日见他时，眼里就多了不少恭敬和畏怯，怀宝发现后心里很舒服，对戴化章就生出更多的感激，就在心里暗暗发誓：一定要干得让镇长满意！

廖老七见儿子果真当上了镇政府的官，心里的那份高兴更不用提。他一家人平日都穿土布，那次他上街到布店一下子扯了一丈四尺蓝士林布。布拿到家怀宝娘吃了一惊，问：你是不打算过日子了吧，一次扯这么多洋布，这要花多少钱？廖老七摆摆手说：少啰唆，快动手剪，给咱怀宝做身官服！他如今是官场上的人，不能再穿咱百姓的衣裳，干啥啥装扮，不然的话会遭人笑，他也难有个官气魄！怀宝娘一听这话，也不再争执，只问：剪啥样子的？廖老七沉吟了一下说：要依我自个的眼光，大清朝的官服最威风，可一个是咱没那布料，做不起；二个是戴镇长都没穿那样的，只咱怀宝穿，也太惹眼；我看你就照早年同咱打官司的镇公所所长的那身官服剪，那样式穿着也行！

怀宝娘于是拿起剪子，边想边剪，接下来就是缝，几天后，一身崭新的介乎马褂和中山服之间的一种衣服就做了出来。

怀宝脱下原先打补丁的那身旧裤褂，穿上这身新衣服，果然就长了不少精神。因为衣服板正，他走起路来胸也挺得更直。廖老七看见就说：行，有点像个官人的样子了。

长期为人代写柬帖状纸，使得怀宝懂得看人眼神面色行事，变得十分乖巧。如今对戴镇长，他也极会察言观色揣摩他的心态，把事情做得让对方满意。戴镇长喜欢发表演讲，怀宝就暗示镇上的中学校长多请戴镇长去给学生们讲话；戴镇长喜欢读史书，怀宝就去镇上早先的几个富户家搜罗古书；戴镇长喜欢让自己的讲话家喻户晓，怀宝就常用粉笔把自己记录下的镇长讲话抄在镇政府门前的黑板上。在生活上，怀宝对镇长也照顾得颇周到，早上起来，他总要把洗脸水给戴镇长打好；晚上睡前，又总是把戴镇长的被子抻开；逢了开会，戴镇长刚在座位上坐下，怀宝便把他的茶杯泡了茶放到他的面前；过节时怀宝家包了饺子，他也总要给戴镇长端来一碗。一来二去，戴镇长就越发喜欢怀宝。有天晚上，戴镇长拍拍怀宝的肩膀说：好好干，将来会有更重要的担子交给你。我们正在建立一个崭新的政权，这个政权需要许多新干部，知道什么叫干部吗？干部就是“官”，但我们的官将不会同于中国历史上任何一个朝代和世界上其他国家的官，这些官一个个清正、廉洁、有才，全心全意为平民百姓做事、谋利益。我们中国吃昏官、贪官、赃官的亏太多了，我们要有一大批全新的官……

怀宝对戴镇长大部分话听不太懂，但有一点他听懂了：中国需要许多官，自己有可能当再大一点的官。

那天晚上他回家把自己听懂的意思给爹讲了，廖老七听后两眼放光，抓住儿子的手说，好呀，你娃子遇上好年代了！听你老爷讲，咱们廖家祖上只有一位爷在明朝时当过一任乡官，其余的都是布衣百姓，如今该你为咱廖家光宗耀祖了！好好干，千万不能大意……

二

1

新政权对富户们资产的清抄工作正在进行。那日镇上清抄大地主裴仲公的家时，戴镇长让怀宝去负责登记。他又一次走进裴家大院，但这次和过去不同的是，他再无了那种缩头缩脑唯恐惹了主人不高兴的胆怯心理。他昂首走进中院，看见抄出来的各种物品山一样堆放在那里，也看见了裴家一家人战战兢兢立在院子一角的情景，更看见了裴仲公的掌上明珠姁姁。姁姁已长成了一个身材苗条的漂亮姑娘，正用胆怯而惊慌的目光望着他。这景象让他确实感受到了一种翻身的自豪，他想起了他过去来裴家代写帖子时的那份恭敬和惊恐，以及看一眼姁姁都怕对方着恼的那种心情，更觉得解放军把权力夺过来交到像他这样的穷人手里实在重要。

他煞有介事、十分威严地坐在一张桌前，在另外几个农民的帮助下清点登记各种物资。登记好的东西，便送进没收来做镇政府仓库的裴家厢房。干了一阵，当几个农民去前院喝水时，怀宝忽然听到身后响起一个胆怯而柔细的声音：廖文书，能不能把那一小包衣服还给我？那是我的内衣，拿走了我连换洗的衣服也没了。怀宝闻声扭头，看见姁姁正站在自己身后，白嫩光洁的脸上满是胆怯和恳求。怀宝被姁姁那神情弄得慌忙起身，他几乎没想到拒绝，便顺她手指的方向去物品堆上把那卷红红绿绿的衣服拿来递到了姁姁手上。在递过去的瞬间他闻到了从那卷衣服中散发出的一种好闻的香味，同时瞥见了放在最上边的是一件粉红的裤头，他心里陡起一阵莫名的激动，同时感觉到自己的脸已经红透。姁姁把衣服接到手后鞠了一躬，感激地说了一声：谢谢！这一切是在几分钟内发生的。到了当晚怀宝躺在床上重忆这件事时，心里满是一种甜丝丝的感觉。姁姁那光洁的脸、红润的唇、白嫩的颈、幽幽的眼，总在他眼前晃，那卷红红绿绿的内衣散发出的香味仿佛还留在鼻腔，使得他在床上翻了无数个身才勉强睡着。

自这天以后，不由自主地，只要一有了空闲，怀宝就往裴家大院跑。好在他往那里跑还有借口，那时候裴家已被指定在前院的东厢房里住，剩下的房子或是做了镇政府的粮食、物资仓库，或是做了农会、民兵们的办公处，他要么借口去仓库里有事，要么借口送什么通知。每次跑去的真正目的，则是想看一眼姁姁。姁姁的父亲这时已潜逃在外，哥哥去了嫂嫂家居住，姐姐也回了婆家，家里只剩了她和有病的母亲以及一个五十来岁的女佣。怀宝去时，开头几次见到姁姁，也只是红着脸点点头，不好意思说话；后来去的次数多了，加上那次看见姁姁挑水时把水桶掉进井里，他急忙跑过去相帮着捞，两人边捞边说些话，把原先存在二人心中的那份拘谨就消了。以后再见面时，姁姁也不再胆怯地喊他“廖文书”，而是喊他“怀宝哥”。他也敢直呼她的名：姁姁。只是每次都叫得很轻很轻。

姁姁家的生活此时已是一落千丈，吃的和用的都很紧张，姁姁的母亲有时看病开了药单，姁姁却又无钱去抓药，就急得捧了药单哭，怀宝知道后，总是把自己身上的钱朝姁姁手里塞几张。姁姁对这接济很感动，每次接了钱都是双眼含泪。姁姁家这时在镇上的地位更是低了，姁姁有时上街，常会遭到一些泼皮酒鬼的纠缠。那日她去杂货铺里称盐，遇上一无赖店员，趁往她篮里倒盐的机会捏住她的手腕嬉笑，姁姁羞得连叫：放开！放开！那店员竟仍捏住不丢，嘻嘻笑着说：嗨，看看你长得白不白？怎么，你这地主的千金小姐，我们就看不得了？恰好这时怀宝由街上经过，见此情景，上前朝那店员叫道：住手！你还要脸不？那店员一见怀宝，知他是镇政府当官的，不敢回嘴，赶忙讪笑着进了里间。如此一来二去地接触，姁姁渐渐就也离不开怀宝了，偶有一天见不到他，就有些神不守舍，再见了面必问：昨日咋没见你？那日，怀宝在裴家大院仓库里收拾东西，出汗时就脱光了上衣。这情景让姁姁看见，第二天两人再见面时，姁姁就朝怀宝手里塞了一团东西，怀宝展开一看，是一件手做的白布汗褟，胸口那里还用红线绣了一对蝴蝶，看了那对头相接翅相连的蝴蝶，怀宝美得嘴里直咽唾沫。那晚他回家穿上汗褟，高兴得在屋里转了几圈。

此后，两人见面愈加频繁，姁姁甚至把自己住的那间厢房上的钥匙悄悄给了怀宝一把。一日正午歇息时间，天热，院里无人，怀宝过去开了姁姁的门，原想进去说说话的，进门后才发现姁姁穿着短裤背心仰躺在床上熟睡。怀宝惊得本想回身就走，但姁姁那雪白的半裸的身子却又吸得他挪不动步子，他脸虽扭向门口，双脚却像被人绑了绳子一样一步一步向床边拉近。这是他第一次观察姑娘的睡态，原来睡着了的姑娘竟是如此美妙，那白嫩浑圆的大腿，那微凸起伏的小腹，那饱满如梨的双乳，那被背心压扁了的状如樱桃似的两个奶头，那白玉一样的臂膀，那轻微闭合红红润润的双唇。他的目光像舌头一样把姁姁的身子舔了一遍，他感觉到自己的呼吸开始变急变粗，一阵哆嗦从双脚升起并停在了两条小腿上。他咽了一口唾沫，双手不自觉地慢慢抬起，像捉一个即将惊飞的小鸟一样向那其中的一个乳头伸去。他只轻轻地触了一下，一阵快感就像虫一样地沿着胳膊爬向了他的心里。他刚要再去触第二下，妁妁醒了。她的眼睛在睁开的那一瞬间，满是惊恐，及至看清是怀宝，又放心地笑了，她这个安恬的笑，一下子消除了怀宝的胆怯，给了他极大的鼓励，只见他像久饿的饥汉见了馒头一样，猛地伸手朝那两个乳峰攥去。妁妁没有半点挣拒，妁妁说你别慌干脆让我把衣服撩起来。他没理会，他只是把那两团东西抓得很紧，以至于疼得妁妁的眉心一耸，随后就见他三下五去二撕开了那件背心，把嘴伏了上去。他吸得很响，像那些饿极了的孩子一样，妁妁红透了脸呻吟似的说道：轻点，别让俺娘听见。怀宝哪管这个，吸溜声更响更大，像吃西瓜，妁妁只好不再管他，只把眼睛闭了。当怀宝的双手去撕妁妁的紫红短裤时，妁妁有些惊慌地睁开眼来，两只手急急地去护，口中喃喃地求道：怀宝哥，不行，晚点了再，行吗？行吗？但怀宝那刻哪能听见这话，只一个劲地忙着。妁妁的恳求最后被那声撕疼的哎哟弄断，此后，她便又合了眼，一任怀宝去忙了。

当怀宝终于做完，喘息着坐在床上看着赤条条柔顺地躺在身边的妁妁时，心中生出一股从来没有过的满足和自豪：我的天啊，要在过去，一个有两顷土地的富翁的女儿，怎么可能归我呢？老天爷，我廖怀宝知足了！

那天临走前，他一边给妁妁穿着衣服一边附在她耳边说：我要娶你做老婆！……

2

如今，廖家的境况已与往日大大不同。有了房——分得了一家董姓地主的三间堂屋；有了地——分到了三亩休耕田；重要的是，因为怀宝在镇政府做官，廖家在镇上的声望地位高起来了，廖家人外出走在镇街上，满街的人争着打招呼。

廖老七如今是再不低三下四去街上代人书写柬帖状文了，除了在地里忙活之外，就是拉了小女儿在街上悠闲地溜达，再不就是在院子里哼几句戏文。他还特意让木匠做了一把黑漆太师椅，他认为这椅子气派，作为一个官人的父亲，坐这种椅子才合身份。每到傍晚，他便把太师椅搬到院里，沏一杯茶，仰靠在太师椅上给小女儿讲古时皇亲国戚们的各样故事。

日子开始变得有滋有味起来。

一天晚上，廖老七正坐太师椅上品茶，忽见东街的刘顺慌慌提一个竹篮进院来，到他面前扑通一声就跪了下去，带了哭音说：廖老哥救我，他们要把我定为中农，我家的境况你该知道，下中农都够不上啊！这定了中农，以后就和你们不是一个阶级了，求你让怀宝侄儿替我说句话吧……廖老七在最初一刹那有些愣怔：他活这么大岁数，还从来没有人朝他跪下过求情哩！过去，都是他朝别人下跪，当年为那场笔墨官司，他曾跪求过多少人呀。在这刹那愣怔过去之后，他心里感受到了一阵从未有过的满足：我廖家到底也可以让人求了！他缓缓起身，弯腰扶起了刘顺说：都是兄弟，快起来，有话好说。

那晚刘顺临走时，把竹篮里装的礼物掏了出来：三斤白糖，一斤洋碱，一丈五尺花洋布，一小坛黄酒，一包信阳毛尖茶，五盒大舞台香烟。廖老七看着那些礼物，嘴上说着何必破费，心里却着实又惊又喜：送这么多东西啊——这是他第一次接受亲友之外的人送的礼物。

第二天头晌怀宝由镇政府回来时，廖老七把那些礼物指给了儿子看：这些东西，要在过去，我们得为人写多少对联书信才能挣来啊！今儿，咱们不费半点力气就得了来，是因为啥？是因为你是个政府里的官，你手上有权，你能为人说话办事。所以你要记住，今后啥东西都可以丢，唯有这官不能丢！懂吗？丢了别的，只要你是个官，还都会再弄来……

怀宝那天无心去听爹的训教，他心里有事——他回来是要同爹商量娶姁姁的大事。待爹的话告一段落之后，他才找到了开口的机会，说：爹，我该找个人了。

找人，找啥人？廖老七一时还没从自己思考的事情中拔出身来。

老婆，如今叫妻。

哦，廖老七略略有些意外地看了儿子一眼，不过随后就笑了，可不是嘛，该找了，前几天我和你娘还在说这事哩，你有没有相中了谁？

姁姁。

姁姁？

就是裴仲公的小女儿。

哦，我想起了，嗯，那姑娘的相貌是不孬，日后生的孩子也会仪表堂堂，行，你还有点眼光。这裴家的千金，在过去，你要没有一顷两顷田地，是甭想娶她的。如今她家虽说败了，但虎死威不倒。我们娶了她，别人也会说：看，裴家的漂亮小姐跟了廖家儿子。这也是一份荣耀。中，这门亲事中！再说如今她虎落平阳，要的嫁妆也不会多，到咱家也会听招呼，只是，她会不会不愿？

她愿。

托人问过她了？

问了。

好，这就好，我和你娘这就为你们着手准备，咱先行个订婚式，再择喜日子，反正你的年岁也到了，早成婚早得子早得济……

怀宝没有再去听爹的话，他只是在心里快活地叫：姁姁，爹同意了，同意了，咱们就要名正言顺地做夫妻了……

3

夜色把裴家大院捂得严严实实。怀宝轻轻拉开姁姁的门往外走时，屋里的黑暗和院中的夜色很快融在了一起。怀宝放心地舒了一口气，放轻脚步向大门走去。直到这时，他才感觉到腰部那儿微微有些发酸，两条腿在迈动时略略嫌沉，他估摸这是因为刚才和姁姁连续三次做成那事时间太长的缘故。他今晚原准备来同姁姁说完订婚酒席安置的事就走的，可一见姁姁在灯下那副娇柔美艳的样子，他就忍不住了，就不由分说地动起手来。好在姁姁在经过那个正午的第一次之后，对他已经完全顺从，他要做什么她都羞笑着依了，要她怎么躺她就怎么躺，还时不时地帮帮他，使得他越发激动。本来做完第二次他已经准备要走，已经穿好了衣服，可一看裸身猫一样躺在那儿微微笑着的姁姁，他又舍不得走了，就又宽衣解带起来。只是在这时，也只是在这时，姁姁才柔柔地说了一句：好像俺明儿就不是你的了，你不怕累？他说了一声我不累，就又扑了过去……

街道有些高低不平，他走得有点趺趺撞撞。他觉出有一股睡意想缠住他的头，在把他的上下眼皮往一起挤。他在蒙蒙眬眬中忽然记起，很久之前他曾在这街上听到过两个光棍汉的对话，一个说：我要是娶了老婆，一夜非干十回不可；另一个说：我要是有了老婆，保准会超过你五回！他当时听不明白他们说的几回几回是什么意思。如今明白了。他满是倦色的两颊在黑暗里浮上了一个笑意。

女人真是宝物！他含混地嘟囔了一句。他的眼前再一次浮出了婀婀那雪白柔软的胸脯，她竟可以把你带到那样一个快乐的境地。婀婀，我发誓，我要跟你永远在一起！

戴镇长还没睡，仍在灯下读书。怀宝进屋时他扭头招呼了一句：回家了？怀宝应了一声，急忙抖擞起精神，上前给镇长的茶杯里续了点开水。他和镇长住里外间，镇长住里间，他住外间，他往外间走时，忽然想起，摆订婚酒席时，该把镇长请去。凭自己和他的感情，他兴许会答应参加的，他一到席，也给自家添了荣耀。于是就开口说：镇长，过几天，我想请你到我家喝酒。

喝酒？你应该请我抽烟。我对酒一向缘分不深。戴镇长笑道。

可这杯酒你该喝。这是我的订婚酒。

订婚？嗬，你找到对象了？是哪家的姑娘？

怀宝于是就说了婀婀的名字，说了和她相识的过程，说了她的家庭，当然，两人亲热的事是要隐了。先上来，他注意到戴镇长满面笑容地听着，但渐渐地，他发现对方脸上的笑容在减少，到末后，竟全是肃穆之色了。

怀宝的心一紧，本能地感到这事情哪点有了毛病，他有些慌慌地看着镇长。

怀宝，这件事你应该早告诉我。镇长的声音很沉。你如今是政府里的一个干部，像这样的婚姻大事应该先报告领导知道。姁姁那个姑娘我有一点印象，看上去是个不错的姑娘，但她的家庭属于我们的敌对营垒，同我们不是一个阶级，在政治上她不适宜同你结婚！我还要特别告诉你，我们已经准备提升你为副镇长，名单已经报到县里，估计不久就要批下来，这种职务对你配偶的家庭出身要求得更为严格。这倒不是说姁姁就会搞什么破坏，而是担心她以妻子的身份来软化你的立场。当然，你的生活道路归根结底要由你自己来选择，你还不是共产党员，我们不会用纪律来要求你，只是你如果选择姁姁做妻子，你就不能再在这镇政府当干部了！

怀宝愕然地望着镇长，他根本没想到一个人娶谁做老婆也要由领导决定，没想到娶姁姁和当官只能二者取一。他嗫嚅着说道：让我想想……

那天晚上他基本上没有睡着，娶姁姁和当副镇长，两样东西都是他渴求的，如今生生要他丢掉一样，丢哪样他都不舍得，不娶姁姁？不！一想到姁姁那柔嫩丰腴的身子不再属于自己，他就心如箭穿，他不能想象别的男人去触摸姁姁的身体，那种想象会使他的双腿打起哆嗦。那么不当副镇长？不！廖家世代都当百姓受人欺负，可有了一个做官的机会再白白放弃？放着人人尊敬的官不做，难道再去低三下四地为人代写柬帖状文不成？两条路由他的脚下向远方伸展，他真想两只脚各踏上一条路同时往前走。天亮的时候他合了一会儿眼，几乎刚一合眼就沉入了一个梦里：一叠巨大的台阶竖在眼前，台阶顶端隐约可见放有一把椅子，椅子闪着耀眼的金光，椅子上放着一身缀满饰物的衣服，一个空洞而巨大的声音正对站在台阶底部的他叫：孩子，上吧……

4

廖老七吧嗒着烟锅望定双手抱头蹲在那儿的怀宝，脸上的皱纹在不停地聚拢波动，不过随后又慢慢舒展，终于完全静止不动。刚才，儿子刚说完戴镇长谈的那番话之后，他也有些吃惊：一个人娶谁做老婆竟也需要他的上级同意？不过他很快就在娶姁姁做儿媳和让儿子当副镇长这两桩事上做了权衡，并决定了取啥舍啥。他慢腾腾地开口说：宝儿，既是戴镇长说了这两桩好事你只能选一件，那你就狠狠心选吧，爹相信你会选对的。爹只想给你提一个醒，就是有些东西丢了后会永不可再得，有些东西今儿丢了明儿还会再有。

怀宝娘那当儿就急忙插嘴说：当然是要娶姁姁，丢了这姑娘不娶，人家要是找了婆家，你上哪儿再去找个姁姁？

放屁！廖老七狠狠瞪了老伴一眼。没有裴姁姁，不会再娶个刘姁姁张姁姁？

那可不一样，那不是一个人！怀宝娘大着胆子顶了丈夫一句。

不都是一个女人？廖老七的脸气白了，脱了裤子不都是一样？

说这话你不嫌脸红！怀宝娘的脸先红到了耳根。

好了，好了！怀宝这当儿赌气地打断二老的争执，站起身钻进了自己原来的睡屋里。

怀宝在睡屋里整整蒙头躺了一天，傍晚时才走出门来。一直不安地守在外边的廖老七那当儿小心地说：让你娘给你做点吃的吧！晌午那阵喊你你不应，饿了一天——

爹，你去说吧！怀宝没理会爹的话，而是眼望着屋角，突然开口这样说。

廖老七先是一怔，不过转瞬间就明白了，于是问：是找姁姁——

话要说得不伤她的心。

这我懂！只是我去时心里要有个底，你给我说句实话，你和她有没有做了那种……

怀宝红了脸咳一声算做回答，而后就急忙出门去了镇政府。

那天天黑之后，廖老七提了一篮鸡蛋，鸡蛋上盖了两块花布，向裴家大院走去。

姁姁一见廖老七进屋，慌得急忙让座端茶，她内心里已早把这老人当作了自己的公公，她估摸老人来是同自己的妈妈商量订婚酒席的事，于是就红了脸说：俺妈身子不好，已先睡下了，我去叫她——

不用，不用。廖老七急忙摆手。我是来给你说桩事的。这两天我原本正忙着为你和怀宝置办订婚酒席，今儿后晌才得到消息，政府里不让咱两家结亲，说要是结了亲，怀宝就错了立场，就不能再在镇政府干了！要挨处分！怀宝的心意，当然是宁可不做那个官，也要和你过一家人，他说不行就和你一起去逃荒要饭。他让我来问问你是咋想这事的。我倒赞成他那想法，反正咱祖辈没当过官也活过来了，不当官有啥不得了的，人有了好前程怎么着？到头来还不是个死？我如今是担心你和怀宝真要出去逃荒要饭，我和宝他娘就说凑合着活几天作罢，可你妈她一个人咋过日子？你心里咋安排这事？

见了公公满心欢喜的姁姁，被这番话说愣吓呆在那里，她根本没想到未来的公爹带来的竟是这样的消息。长长的一阵呆愣之后，她才能让自己说出话来，她的声音虽然抖颤，却也清晰：大伯，怀宝和你的心意我记下，可我不能毁了怀宝的前程，一个男人有个好前程不易，要是因为我怀宝把前程毁了，我会一辈子活不安生，告诉他，让他把我忘了……

一缕满意和欢喜闪过廖老七的嘴角，不过只是一闪而已，随后他就又愁着脸痛着心说了许多安慰的话。当他终于走出姁姁的房门时，他听见姁姁压在喉咙里的哭声到底放了出来，不过很低，他估摸她是扑在被子上哭的。他停了一下脚，摇摇头，仰脸向了天喃喃道：这也是没有法子的事，俺们廖家几辈才有这一个做官的机会，俺们不能丢哇！

5

怀宝任副镇长的决定是在一个日头将熄的后晌宣布的，镇民们噼啪的掌声和同龄年轻人惊羡的目光令怀宝感到了一种由衷的自豪。不过一团不安总塞在他的胸口，弄得他有些难受，他知道这是因为对姁姁的背弃，他从内心里感到对不起她。但我没有办法，姁姁，水往低处流，人往高处走，我们廖家在官场里占个位子可不是常有的事！任命宣布的当天晚上，他把镇政府的通信员双耿叫到屋里——双耿小怀宝两岁，是一个穷庄稼人的孩子，为人很实诚。小时候怀宝就常和他在一起玩，解放时两人又先后进到镇政府做事，彼此很知心。怀宝对双耿说：我过去和爹卖字时认识了裴家母女，如今她们日子过得很难，她们虽和咱不是一个阶级，终也让人可怜，你日后要悄悄给她们点照顾，经常观察着她们的生活情况，这事你知我知就行了。双耿当时就点点头应道：中，这事你放心就是。

这样一个安排使怀宝心里的那团不安慢慢变小，他开始把心思全转到工作上。他因为识字和聪明，加上肯学习，很快把一个副镇长要懂的东西全都弄懂了：如何下去检查工作，怎样向上级汇报；如何开会传达上级文件，怎样组织人们讨论；如何接待上级领导，怎样写总结报告，等等。一个基层政权的领导干部应懂的那一套，他没用多久便已掌握。

爹说得没错，有了官果然就有了一切。如今，他们家的许多事情几乎不用操什么心，就能很容易地办妥。镇上新成立的粮管所的所长跑到家里，请廖老七去当了会计；供销社的经理让怀宝妈去当了仓库保管员；识字不多的妹妹，也被请到镇办小学教书。更使怀宝意外的，是副镇长这个职务给他自身带来的东西是如此之多，先不说镇上人对他的那份敬畏，不说大姑娘小媳妇们对他的那份献媚，单说生活上的那份舒适吧，早上起来，镇政府食堂的厨子已把饭菜送到了他的床前；上午开会，椅子、茶水也早有人摆好；后晌要是去稍远一点的地方检查工作，镇政府的那辆马车就会立刻套好在门口等着。这些对于从小受人白眼遭人欺负饥一顿饱一顿的怀宝来说，真等于上了天堂。人的生活还能怎么样？每当他想到这些，他就觉着当初自己在要姁姁还是要副镇长这个职务时选择后者是对的。当然，对于姁姁，他也不是一点不想，每到夜深人静他躺到床上时，姁姁的身影就会站在床前，而且总是裸着身子，把双乳挺得好高好高，似乎要特意引他回忆他们过去在一起时的那些美好时光。那些令人心荡身颤的一个个细节的回忆，总要把他弄得燥热激动而又痛苦不堪？有些夜里，他受不了那份可怕的欲望折磨，真想起身就去找姁姁，但至多是走到镇政府门口，凛冽的夜风就会使他冷静下来，使他强抑下那股冲动而返回到副镇长的宿舍。

他只能从双耿那里了解一点姁姁的近况，自从爹和姁姁谈了之后他就再没有见过姁姁，所有可能与姁姁见面的机会他都没有利用。他自觉心虚，他害怕面对姁姁的眼睛，他担心在姁姁面前他很难掩饰住他那个宁可抛弃一切也要在镇政府干的决心。双耿对姁姁情况的汇报倒也及时。开始那一段，双耿总是说，她常常在哭。她总是呆坐在那儿。她扑在她妈妈怀里抹眼泪。她老在镇边的河堤上转悠。她不大讲话……怀宝听了这些心里也暗暗难受，他知道这都是因为什么。又过了段日子，双耿汇报时话音轻松了许多：她开始到留给她和她娘种的那块地里干活。她愿意和邻居的姑娘们来往了。她开始进街上的店里买东西。她和她娘说话时带了笑意……

到这时，怀宝心里也才慢慢轻松起来。她到底也能承受了这场变故。姁姁，原谅我，生活中的好东西很多，我们每次能拿到手的看来也就一件，总要有所舍弃，这没有办法……

三

1

秋天一个潮湿的上午，县上突然来了一个电话，让戴化章即刻赶到县城，说有领导召见。第二天戴化章从县上回来，见到怀宝的第一句话是：我要走了。去哪里？怀宝有些意外。上级调我去任县委书记兼县长。戴化章的声音里浸着肃穆。

怀宝一怔：那这儿谁来接替你？

我已经提议，我离开柳镇以后，由你接替我的职务，我相信你会不负柳镇人，让这儿的百姓们生活幸福。我们的人民需要大批好官、清官，我自信我的眼睛看人准确，你会成为一个柳镇人喜欢的官！

怀宝吃惊地嗫嚅道：我咋能行？欢喜和恐慌同时涌进怀宝心里。当镇长，主宰这镇上的一切，这个欲望是早就在怀宝心里悄悄滋生了，只是这欲望还很小很模糊，如今却突然就要变成现实，他能不欢喜？但恐慌却也是真实的，他过去都是在戴化章的指点下去干什么，干什么，怎么干，预先有人交代，今后全靠自己来，能行？

怎么不行？你现在不是已经学会当副镇长了吗？不管什么样的事，只要认真学，都可以学会！戴化章望着这个自己一手培养起来的干部含笑鼓励。当官无非是三条：第一，有一颗为百姓谋利益的心；第二，有点子，知道自己该先干啥后干啥；第三，会用人，知道一件事派谁去干合适！

怀宝急忙点头说对。

此后几天，便是怀宝陪着戴化章到镇上各个部门告别，同时，两人也一同办着交接手续。所有这一切都办完的那天晚上，两人在办公室坐下喝茶，双耿进来给他们续水时，脸红红地吞吞吐吐说：两位领导都在，我有一桩事想求你们同意，我要结婚！

结婚？好呀，新娘子是谁？戴化章笑问。

是姁姁，裴姁姁！双耿低了头忸怩着答。

哦？怀宝惊得差点跳起来，身上的血一下子冲到脑门上，幸好他坐在灯影里，双耿没看出他的失态。

你如今是镇政府的干部，和地主家庭出身的姑娘结婚，恐怕于你不好！戴化章这当儿开口，同时看了怀宝一眼，那意思仿佛是说：看，又出了这种事。

我反正是喜欢上姁姁了，领导要是觉着我和她结婚后不适合再在镇政府做事，那我就还回家种地，我们家老辈子都种地。双耿的语气里透着坚决。

走啥子路由你自己选择，你要是一定要娶她，我和怀宝也没办法。戴化章遗憾地摊了摊手。

怀宝那刻虽然望着双耿，目光却早已像沙一样地四散开了，他只在心里后悔：当初不该安排双耿去照应姁姁的，那样，他也就无从去接近姁姁并生了娶她的心！一想到姁姁有可能躺到双耿的怀里，他心里就别扭得难受。你既然已经决定不要她了，为什么还不愿人家嫁人？他心里的那股难受被自己的这句责问最后硬压了下去。

他勉强用一个微笑送双耿出了门。

戴化章是第二天去县上赴任的。送走戴化章的当天傍晚，怀宝慢腾腾地在街上踱步，整个柳镇从今往后就完全归我管了！那些商店、饭馆、旅栈，自己有权指点他们怎么经营；这些男人、女人、孩子，自己都可以有权指派。一丝莫名的快意又一次涌上心头。就在这时，他忽然发现在街道的另一头，双耿和姁姁相傍着从一家杂货铺出来。他们显然没看见他，两个人脚步轻快地折向另一条街走。一股冷风呼地钻进怀宝心里，把刚才萦绕在他心头的那股快意一下子刮走了，天啊，为什么有得就有失？姁姁，你知道我失去你心里是多么苦吗？当然，总有一天，我也要找个女人，而且一定要是一个比你还漂亮的女人！

2

怀宝接任柳镇镇长日子不长，聪明的他便摸准了政界里的一条规律：你要想在工作上受到表扬，你就必须尽早摸准上级的意图，摸准后你就回来赶紧把它变为现实，不管下边有多少怨言，你都要尽快办，办到其他村镇的前头，这样领导才能注意到你，才能当上先进受到赏识。为了及时摸准上级的意图，他除了常到县上去见见戴化章之外，还和县委办公室和县政府办公室的两个主任交上了朋友。每次去县上开会，他都要给他们带点芝麻、香油一类柳镇的土特产品去他们家里看看，这样他们就常常把刚刚听到的动态性消息及时告诉他。办农业大社和公社的事就是县委办公室主任刚听到省委书记有这个意思，就通知了他。他知道后虽然心里也有些不解：让农民把土地、耕牛都交到社里，大家一块儿种一块儿收再平均分着吃，劳动和实际得益相分离，会不会使他们种庄稼时不再像过去那样卖力？但他还是立刻雷厉风行地干了。农民们想不通，就逼！他成立了一支由年轻人组成的入社帮教队，哪一家不同意入社，这支帮教队就开进哪家，又讲又批又吓唬，而且吃住在那家里，直到这家人同意。在这种措施下，各家的土地很快交出连成了一大片，各户的农具很快集中堆在了一个院子里，各人的耕牛开始拉在一处喂。

一天晚上，怀宝正脸含笑意地坐在办公室看建社进度表，双耿跑了进来——双耿和夠夠结婚后，怀宝倒没有让双耿离开镇政府，这开始是因为怀宝和双耿毕竟是很好的朋友，他想庇护一下双耿；后来则是因为双耿弄清了夠夠的妈妈原来是裴仲公家的一个丫环，也是穷人家的女儿，是被裴仲公强行纳为小妾的，这样，夠夠的成分可以随她娘，定为贫农——双耿喘着气说出的第一句话是：镇长，你这样办不行！

什么不行？怀宝一时没明白他所指是啥。

你把土地、农具、耕牛变成公家的。你想，地里的粮食不再属于农民自己，谁还会去精心种地？农具变成了大家的，谁还会去仔细爱护？耕牛成了集体的，谁还会去小心喂养？这样干下去的结果，恐怕是亩产降低、农具毁损、耕牛瘦弱……双耿说得很激动，他当时只是根据自己农民之子的直觉这样猜测判断，他还不知道他其实已经触到了一个深奥的道理，他更不知道几十年后，有一个历经坎坷的老人会依照他的心意又把这政策做了修改。

别瞎说，这是上级让干的！怀宝的神色很严肃。

上级让干也有个对不对——

双耿！怀宝站起来打断了双耿的话，你这样说是要犯错误的！我们如今是干部，上级指到哪儿，我们就要干到哪儿！我告诉你，我办的这一切，上级最终会肯定和表扬，不信你等着瞧！

怀宝的话果然没错，没有多久，一个全国范围的公社化高潮到来，柳镇办大社的经验立刻得到了肯定和推广，怀宝不仅受到了县里和专区里的表扬，事迹还上了省里的报纸，廖怀宝的名字在全县传开了。

怎么样双耿，我们谁对？有天晚饭后怀宝在镇政府院里碰见双耿，开玩笑地问。

双耿摇了摇头，叹口气：我真担心今后庄稼人的日子——

好了，别小脚女人似的担心这担心那，告诉你，我准备提你当副镇长！

双耿一惊：我？

怀宝点了点头，怀宝最近读了点历史书，都是关于官场生活的，这些书有些是廖老七特意为他借的，有的是他自己去镇上学校图书馆里寻到的。他从那些书上明白，在政界里做官，要紧的是挑选好身边的人，尤其是副手，弄不好就会毁到副手身上。古今中外，很多官最后都是被他的副手搞下去的。副镇长这个位置他一直让它空缺着，就是为了慎重选择。他最近经过反复考虑，决定让双耿来干。双耿这个人除了和竘竘结婚这点让他觉着别扭外，其他的地方都让他放心：没有当官尤其是当大官的野心；不会玩心计耍弄手腕；不爱出风头争成绩夺荣誉；干事认真不怕吃苦；懂得种庄稼。

我干不了！双耿像推开什么重物一样地急忙抬手去推。

我说你能干你就能干，就这样定了！怀宝果断地挥了一下手。

我……我……起码得和竘竘商量商量。

又是竘竘！怀宝的眉头痛楚地一耸。一个男人干什么都要征求女人的意见，你这个男人还能干成什么大事？当然，也就是你这种干不成什么大事的样子，让我相中了你……

四

1

一九五八年是中国现代史上一个值得记住的年份，中国人就在这一年开始跑步进入共产主义。也就在这一年的年初，怀宝从县政府办公室主任嘴里得到一条动态性消息：省里准备提倡收小锅办大食堂，以显示共产主义的优越性。他听后如获至宝，决定立刻动手建大食堂，走在周围村镇的前面，像上次办大社一样，再次让上级领导刮目相看。

改变柳镇人在几千年间形成的以家为伙食单位的习惯，不是一件容易事，人们采用各种手段抵制吃食堂。但有了上次强行办社的经验，怀宝不怕这种抵制。他先指挥人买大锅、砌大灶，把七个千人食堂建好，而后组建一支拿枪的民兵队伍，开始挨家挨户收小锅、收粮食。凡藏锅、藏粮不交的，便抓起来集中“教育”。人们家里没了锅，没了粮，自然得拿了碗到食堂吃饭，于是七个千人食堂便热热闹闹地开张了。

柳镇办食堂的消息很快在周围村镇传开，这种迎合上级领导心意的事当然让领导高兴，专区和县里立刻在柳镇召开了“吃食堂”现场会，省报头版刊登了柳镇办食堂的消息和经验，省长专门在推广柳镇经验的一份简报上划出廖怀宝的名字，并在这名字下批示：此人可用！

此时已升任专区副专员的戴化章，也专门来了柳镇一趟。在一个千人食堂门前，他看到社员们十人一桌的围坐一起，大盆吃菜、大口嚼馍、大块吃肉、大碗喝汤，高兴得眼睛里都漫上了水雾，他喃喃地对怀宝说：我们当初起来拎着头干革命，就是为了让人们吃饱吃好，过上舒心日子。

戴化章临走时拍着怀宝的肩膀说：干得不错，不要骄傲，县上已决定调你去当主抓农业的副县长，近日可能就要任命，你可不要辜负人民的期望！怀宝听了这话，脸上虽是一副惶恐神色，心却因为高兴差点冲到胸外。副县长？这可是他一直在心里暗暗向往的位子。难道就真的归我了？这可就等于过去的知县啊！怀宝读过书、看过戏，知道一个知县坐轿的威风和权力！一个县几十万人，难道几十万人的耕种吃喝，今后就全归我管了……

当晚怀宝回家给爹娘说了这个消息后，娘担心地连声说：你能行？不行趁早给人家辞了，免得将来出祸！爹却一声不吭地在屋里踱步，半晌之后才猛地抬头朝怀宝娘叫：真是头发长见识短，七品，懂吗？县官是七品，你儿子要当七品官了！而你却在这里胡唠叨，还不快去拿酒！

晚饭后，怀宝心情畅快地出门向双耿家走去，双耿既是自己的朋友又是副镇长，这消息应该让他知道。再说，怀宝还有一个隐秘的打算想同双耿商量，一旦他到县上当了主管农业的副县长之后，他想把双耿调去当农业局长，这样干起工作来就比较放心。他从这些年的实践中已经明白，当一个领导干部，手下必须有一帮完全听你话的人，不然你的意志就很难贯彻。双耿这人平时虽常向自己提些不同意见，但一旦怀宝决定下来说必须办，双耿就不再言语认真协助办起来。这种不玩花招让你知道他的真正心思的人，才真正可靠！

双耿在家，在看一张报纸，旁边坐着正奶孩子的姁姁。见到他来，都起身让座。自从双耿和姁姁结婚后，怀宝就没再来双耿家，怕的是见了姁姁想起旧事尴尬。他早听说姁姁已生了孩子，他原以为生了孩子的姁姁会像镇上大多数奶孩子女人一样，变得头发蓬乱面色苍白衣履不整，没想到一见之下竟是一怔：姁姁竟还是那样水灵可人，凡是呈现在怀宝眼里的部位，都显得丰盈光洁。而且服饰素净雅致，透出一股让人舒心的妩媚。

姁姁起身去里间床上放孩子，怀宝扫了一眼她的背影，那饱满的分成两半的臀部让他陡然想起当初手抚在那弧形的柔软臀尖上的美妙感觉来，这一刹，一股对双耿的嫉妒又爬上了心头，这么美妙的一个女人，竟完全归他所有了。

姁姁给他端来一盅茶，在接茶盅的当儿，他瞥了一眼姁姁的脸，想发现她看他的目光中有些什么内容，但昀昀的目光早已晃开，根本没有看他。

最初的几句寒暄过后，怀宝就用自豪的语气，把要调县上工作同时希望双耿也去的事讲了出来，双耿听罢还没表态，昀昀在一旁已冷冷开口了：双耿不去！

为啥？怀宝有些意外，他原以为昀昀会因为进城高兴。

官当到何时是头？俺们不想离开柳镇！昀昀眼斜向屋角，声音很硬。当初她含了苦痛狠心对怀宝爹说了不同怀宝结婚的话以后，她估计怀宝肯定会再来找她解释恳求的，没想到他就势作罢再不见自己一面，他的心好狠哪！

这倒也是，我不是当官的料。一个副镇长就够我干的了。双耿也轻声附和。

怀宝略略有些着急，若是双耿真的不去，一时很难找到像他这样可以不用提防的助手。看来，这家里现在说话算数的是昀昀。得先把她说通。他于是改用恳切温和的腔调：叫双耿和我一块儿去倒不是图做什么官，主要是我俩熟，到一个生地方好互相帮忙，我想昀昀总不愿看我一个人在县上作难受罪，我真要是有个病病灾灾，双耿也好给我点照应，昀昀你说是吧？昀昀！

怀宝这几句满含感情的“昀昀”一喊，把原本压在昀昀心底的对怀宝的那种依恋又喊了出来，她呼吸变得不匀且颊上开始洇红，她经受不住他这种带了恳求的声音，她因为气恼而变硬的心在这种恳求声中霎时变得柔软无力。

我不管，只要双耿愿去。她飞快地瞟了怀宝一眼。

你呢，双耿？妁妁可是已经允许！

那就去吧。双耿望着自己心爱的女人笑了。在这一刻，怀宝忽然判断：妁妁一定没把自己当初和她的那些事说给双耿！倘是说了，双耿决不会笑得这样满足……

2

县政府礼堂里座无虚席。全县所有的生产队队长和各公社主抓农业的领导和县农机、农科站的干部全都坐在这里，准备聆听新任副县长廖怀宝关于农业生产大跃进的报告。

九时整，怀宝手拎一个皮包准时出现在主席台上，怀宝在掌声中向人们点头微笑。他今天的打扮十分讲究，他已按县城干部中流行的发式，把原来的平头留成了后拢头，黑亮的头发讲究地向后梳去，这使他身上平添了一种稳重和成熟；他按县城一些男青年的做法，把白衬衣塞进腰带扎起来，衬衣最上边的那个扣子不扣，两袖稍稍挽起。他的身材原本就很挺拔，这样装束便显出几分潇洒。他专门买了一块雪白的手绢，把它叠好塞进裤子口袋，在讲台上就座之后先把手绢掏出，仿佛十分随意地按了按鼻子，这才开始说出第一句话：同志们——一种文雅的风度便显了出来。今天他是第一次同下属们见面，他要给他们留下一个很好的印象。给下属的第一印象很重要，他要觉出你窝窝囊囊不可敬不可怕了，你休想让他今后顺顺当当落实你的话！

他没有去看讲稿，而是双眼直盯着他的听众讲话。他已把讲稿熟记在了心里，为了准备这个讲话他用去了三个白天三个夜晚。一定要征服听众！他在从县政府办公室主任那里借来的那本《领导人必读》上知道，讲演能力对于一个领导者十分重要，它可以增加你的魅力和威信，很多国家的元首和领袖都很注意锻炼自己演讲的本领。为了把今天的报告做好，他曾面对墙壁把讲稿背了两遍，而后把农业局长双耿找来，让他做一个听众又听了两遍，并要他把听出的毛病全跟他指出来。

讲得很成功！

这从听众的眼睛中可以看出，每一双眼睛中都有一点新奇和意外，农业工作的报告往常都比较枯燥，但今天的不同，怀宝知道，这点要感谢爹爹从小逼他读的那些诗词、散文和史书，他在讲深翻土地、选种密植、田间管理时，不断地加上一点有趣的东西，他最后是用自编的一首诗歌结束报告的：

人间跃进一句话，

土地老爷都害怕，

我说亩产一千斤，

他说你还可再加！

种的高粱高又大，

戳进天宫一丈八，

织女开窗来相望，

碰了一头高粱花。

……

掌声雷动。在人们徐徐散去的时候，几个女青年手拿着日记本向他跑来，为首的一个娇笑着喊：廖副县长，请把你刚才念的诗给俺们写在本子上做个纪念！怀宝高兴地接过她们递来的笔和本，流利地写着。写字是他的拿手好戏，姑娘们接过本子一看他那近似钢笔书法字帖似的行书字迹，又相继啧啧地称赞：哟，廖副县长的字写得这么漂亮！在姑娘们欢笑着离开他时，其中一个鸭蛋形脸蛋的漂亮姑娘以极快的动作把一个纸条塞进了他的手里。他懂，他没有立刻去看，只是淡淡一笑。自从他来县城上任之后，不算机关里那些愿当月老介绍的那些姑娘之外，单用这种办法大胆追求他的漂亮姑娘，连今日这位已是第五个了。他慢腾腾地将纸条撕碎，忽然记起很久之前爹阻止他和姁姁结婚时说过的那句话：天下漂亮姑娘多的是！

是啊，多的是……

3

听到那种敲敲停停停停敲敲的顽皮敲门声，怀宝就知道是县豫剧团的晋莓来了，他笑了笑，推开面前的报纸，叫道：还不快进来?!

晋莓便笑着推门跳进了门槛，把手上捧着的一张绿豆面煎饼送到怀宝嘴边叫：快，快吃，还热着哩！

怀宝于是伸嘴咬了一口，同时也把晋莓身上的香味吸了一股到肚里，边嚼边美美地舒了口气。

晋莓是怀宝在县城里众多的求爱姑娘中最后选定的对象。他所以选定这个豫剧团的当红演员，除了她长相漂亮之外，还因为这姑娘在身个和脸型上略略有些像眴眴。当然，因为晋莓年轻而且受过表演训练，她和眴眴又有许多不同，她的那双眼睛不像眴眴那样文静沉郁，而是充满顽皮，双眸灵动飞腾，不时把千种风情万种娇媚向四下里抛掷；她走起路来也不像眴眴那样轻手轻脚如风吹弱柳，而是胸凸臀摆袅娜娉婷，十分招眼。

香吗？晋莓又倒了一杯水递到怀宝手里。

香！怀宝笑望着晋莓，在心里再一次把她和眴眴做了番比较、她一点也不比眴眴差，上天并没有亏待我！

哟，天都县玉米亩产都六千斤了？晋莓这时瞥了一眼报纸惊叹道。

是呀，如今是大跃进的年代，什么样的奇迹都会出现，我们都要跑步迈进共产主义的门槛！怀宝边说边走到晋莓身边，用手拍了一下晋莓的肩膀，意味深长地笑笑说：好了，我们不说那些大事，我还想喝点更香的东西！

啥？晋莓一时没有听懂。

怀宝抬手摸了一下晋莓的嘴唇：装糊涂？

晋莓明白了，脸倏然间涨红，忙垂了头说：那你把灯拉灭。

灯灭了，但窗外的月光却一下子溜进屋里，悄然而惊奇地瞧着怀宝把晋莓抱放到腿上，把水杯朝晋莓嘴边递去，晋莓喝了一口，却不下咽，只待怀宝的嘴接近自己的唇，两个人的嘴相挨时，只听怀宝嗞嗞嗞又香又甜地从晋莓的口中吸那些水。三口水吸罢，怀宝扔开了杯，一下噙紧了晋莓的舌尖尖。

一阵长得没有尽头的吻。

他开始去解她的衣服，这还是第一次，他估计她会委婉地反对，但她没有，她只是轻轻地哆嗦了一下身子。

当他把她脱得通身银白时，他把脸朝她柔软的腹部埋去，那一刻，他再一次体验到了一种快乐的自豪：我想要什么，便都可以得到。爹，你说得对，一个人只要有了官位，他就会拥有一切……

4

双耿又一次抓了抓自己的头发，把目光投到那张《中原日报》上，用眼睛把头版头条消息再次逐字过了一遍：农业跃进捷报频传——天都县今年玉米产量大放卫星，平均亩产六千斤——省委省政府领导接见天都县县长进行嘉勉。

四五根寸来长的黑发被他从头上抓掉，飘落到了那条消息里。这是第三遍！短短的一条消息，他已经读了三遍。可能吗？双耿家住柳镇边上，家有三亩祖传旱田，世代都靠这三亩地生活。双耿的父亲是一个种田好手。双耿自小在田里干活，知道父亲那双手是如何精心侍弄那三亩地的。但就是这三亩地，在最好的年景里，亩产玉米也不过一千多斤。不知天都县的玉米是如何种的，竟然能亩产六千斤！

这张报纸是怀宝刚才亲自拿来让他看的。双耿刚刚从乡下检查秋收回来。他本来还为今年的玉米产量高兴，他今年抓田间管理抓得很紧，他也很想做出成绩，让怀宝高兴，也让人们看到，他这个农业局长不是白吃饭的，他在几个生产队里估了一下产量，亩产不会低于六百斤。他刚进屋时还为这个数字高兴，现在一看报纸，方知应该脸红，两下相差太远了！

他默默地回想着怀宝刚才说的话：双耿，今天郑书记和钱县长把我找去，专问今年的粮食产量，说别处都在放卫星，唯我们默默无闻不声不响，可不能不敢想不敢做，在思想上“右”倾啊……双耿，我们刚来县里工作，头三脚踢不开，这位子可不好坐呀……

他又揪了一把自己的头发，怎么办？得去取取经验，看看天都人究竟是怎么种的，或许真有什么秘方！但六千斤玉米粒需要长在多少株玉米上？一亩地能种那么多株玉米？心里晃着的那团怀疑使他的眉头紧蹙，他那张年轻光洁的额上一时出现了几道横纹。

双耿！姁姁挎着菜篮忽然由门外慌慌地进来，声音紧张地喊了一句。咋了！双耿起身，从姁姁手中接过菜篮，诧异地问。双耿来县里当了农业局长后，把家也搬了来，姁姁如今在书店卖书。

知道吧，县里的工业局局长刚才让关起来反省了，上级让他年底以前炼出两千吨钢，他说他没办法炼，人家说他“右”倾！

哦？双耿打了个轻微的寒战。“右”倾?！谁发明的这个罪名？仅仅因为工作无法达到上级希望的目标，就要给戴上这个帽子？如果以后我在粮食产量上达不到上级希望的数字，也会得到这个罪名吗？他的心不由得一紧。

他爹，我有些怕。姁姁这当儿在双耿身边坐下。如今人们干什么事都说大话，俺们书店卖的那些书中，净是些喝令三山五岳开道之类的句子，而你，又不是个会说大话的人。

唉。双耿叹了口气。他再一次想起了天都县的玉米亩产，六千斤，能吗？会吗？但愿这不是大话。

看见丈夫心情也不好，娉娉又紧忙劝慰：你也不要太担心，大不了咱们还回柳镇。

这倒也是，双耿轻轻抬手去抚妻子的头发，我家世代没当过官，我也从没想到来当官，不行了咱就还回去种田。我这辈子有了你和咱们的儿子，我就挺知足……

5

看嘛！我这条裤子行吗？晋莓将刚换上的那条卡其新裤往上提了提，在怀宝面前转了一圈，好让丈夫欣赏。两个人是七天前举行的婚礼。

嗯，嗯。怀宝眼望着妻子，目光却缩在眶里，含混地应了两句。

怎么了，你？晋莓对丈夫的冷淡有些生气，声音提高了，同时三下五去二地褪下了那条新裤，上床钻进被窝里。

噢。怀宝被妻子的高声惊得一震，忙扭过身去轻抚了一下晋莓的额头，软声说：你先睡吧，我因为工作上的事心里有些乱。

他心里是真乱，是吃惊、意外、不解和茫然掺在一起的那种乱——双耿下午由天都县参观回来，刚才来向他汇报，说天都县的玉米高产其实是假的，他已经看破了他们玩的把戏：先说假话，虚夸产量，然后在仓库里做名堂，在粮囤下半部填上麦秸草，麦秸草上铺一层席，席上才盛玉米粒，给人一种囤囤米满、仓仓粮丰的感觉……

假的？怎么可以如此造假？为什么呢？

是农民自愿要造假的么？是他们想证明自己种粮的技术高吗？不，不可能！他们知道产量高交的公粮也要随之增多，他们不会去办这种傻事！

这样造假虚夸对谁好呢？对农民无半点好处！对县里干部呢？好处已经可以看见，他们上了报，出了名，今后可能会更快地晋升。对省里干部呢？也可以证明他们的领导正确，组织跃进得力，将来可以受到中央的表扬。

这就是说，这样造假，至多是引起农民不高兴，其他引来的后果都是高兴，专区的干部高兴，省里的干部高兴，农民不高兴有什么不得了的？他们至多不过是三几人凑在一起嘀咕嘀咕罢了，他们不敢对造假的干部怎么着。干部是上级任命的，只要上级高兴就成！农民们嘀咕的多了，可以吓唬！

一般的农民都经不了吓唬，用右派、反革命、反三面红旗这样的帽子稍稍一吓，他们就会闭嘴，就会老老实实，甚至还会替你掩护！胆小怕事是农民的本性，很少有人敢出头公开指出当官的不对。

这就是天都县领导敢于造假的原因吧？

本县怎么办？天都县可以造假自己就不会？当然，也不能乱造，只说某一社的产量放了卫星，这样可以让一般人摸不着头脑；放卫星的产量也不能太高，太高了容易让人不信，比天都县略低一点就行。这样差不多就可以上报纸了，各级领导的面子上也可以过去了。

怀宝抽出钢笔，把手中的那张表格在桌子上铺好，仔细地看了一眼表格，而后把柳镇人民公社玉米平均亩产五百七十斤的数字，改成了五千七百斤。

他长舒了一口气，开始脱衣上床歇息。被子掀开时，已经沉入酣睡的晋莓翻了一个身，把雪白柔软的臀部呈在了他的眼里，他心中顿时起了一个冲动，急急地伸过了手去……

6

双耿默默地看着崔庄几个生产队干部向粮仓的一个个圆形粮囤里填麦草，崔庄是柳镇公社靠公路边的十几个生产队之一，他奉怀宝的指示，亲自来监督指导他们把粮仓弄好，弄成一幅粮丰仓满的情景。怀宝估计，一旦柳镇公社玉米产量大放卫星的消息见了报纸，上级和兄弟单位说不定会派人来参观，这十几个靠公路边的生产队将可能是参观的重点，粮仓里必须是一幅特大丰收的景象。

每看见他们向粮囤里填一捆麦草，双耿的眉梢都要火烧似的抖一下，他看出敢怒不敢言的神色就隐在那些生产队干部的眼角里，但我有什么办法？有什么办法？几天前怀宝把他叫去进行那番交代时，他曾再三地表示了他的意见：决不虚夸！但他那颗善良诚挚的心经不住怀宝的反复劝说：大家都在虚夸，你一人不虚夸能有什么意义？上级喜欢这样做的干部，你不干就会失去领导的信任！我现在是抓农业的副县长，你即使不想干也要看在我的面上去办，再说，出了事也有我顶着，你只当是去执行我的命令就行……

还能有什么说的？作为怀宝的下级和朋友，双耿不能不默默点头。办吧，就这样办吧，但愿神灵能够宽恕。

这样行了吧，局长？一个生产队干部站在囤边问。双耿走过去看到麦草已快垫到囤顶，就把头点点。那几个人随后开始在麦草上铺一层苇席，接着，便往席上倒玉米粒，玉米倒得与囤顶相齐，站在囤旁一看，满囤都是玉米，全公社所有生产队的粮囤，都是这样满起来的。

丁零零。随着一阵自行车铃声，怀宝带着两个县政府机关干部到了仓库门前。咋样，都弄好了？怀宝笑问，同时从衣袋里抽出一张报纸朝双耿递来：看看，咱们柳镇放卫星的事已经上了省报，旁边还加了照片！双耿的手像被针扎似的向后一缩，但为了不露出什么，又伸手把报纸接过。

报上的消息是头版头条，旁边附了一张怀宝和双耿在一个大粮囤前会见记者时的照片，照片上的怀宝风度潇洒脸含自豪，双耿却有些忐忑不安缩头缩脑。他一看见这张照片，一股巨大的歉疚感就又把他的心揪住，他觉到了一种彻身的疼痛。

再看看，各县都开始放卫星了！怀宝用手指了一下报纸的二版。双耿把目光移去，是的，都开始放了，双耿稍稍放了心，大伙都在这样办，老天爷要惩罚也不会就罚我一个……

双耿，昨天接专区通知，专区后天要组织十三个县管农业的副县长来咱柳镇参观，我们要抓紧准备！怀宝掏出折叠好的手绢，极高雅地擦了擦脸上的汗，言语中露出一股抑制不住的兴奋。

是吗？双耿一惊，双颊慢慢开始发白，心中不安地祷告道：神灵保佑，但愿别露馅……

7

副专员戴化章是在苑城专区医院的病床上，读到那张刊有柳镇公社玉米丰产消息的报纸的。他的目光一触到“柳镇”那两个字，因为低烧而发软无力的身体就陡然来了精神，一口气把那篇消息读完。柳镇的一切，他不能不关心，那里是他转入政界的起点。就是在柳镇，他脱下军装走上政坛，开始执掌权力；也是在柳镇，他发现培养了这个极有才干的干部廖怀宝，这是他在内心一直引为骄傲的事情。

他仔细地审视着报纸上附在“消息”旁边的那张照片，照片上的怀宝比过去越加显得有风度了。戴化章眼中显出了笑意，他个人倒不讲究什么衣着风度，但他却希望怀宝有点风度，怀宝能写会说，处事灵活，有办法有魄力，会是一个很好的接班人，能担负更高的职务，他应该有点风度！培养一个接班人不容易，他应该在各方面都令人满意。有人说干部不能靠一个人去发现，接班人不是培养起来的，这是胡扯，一个人再有才，没有另一个人去发现他，他的直接上级不委任他职务，他怎能成功？

看一阵报纸上的照片，他又把目光停在了柳镇公社玉米平均亩产五千七百斤这个数字上，这是使他唯一有点不安的东西，这么大的数字！产量会有这么高吗？戴化章自小跟父亲在铁匠炉上学打铁，对种田的事一窍不通。他当初在柳镇工作时，把主要精力放在镇反和肃反等政治问题上，对生产尤其是对农业生产很少过问。

他的心微微打了一个颤，他想起了最近在各项工作中兴起的浮夸风，专区不论统计什么数字，其中都带了不少的水分，甚至统计各县右派的数字时，有的县为了争第一，也虚报了不少。华县本来有右派四百多人，上次统计时为了争全区第二名，竟多报了一百二十多个，后来专区派人逐个复查时他们慌了，便急急忙忙地把一百二十多个名额分派到各单位，让加班把人打成右派！他上次知道这件事后专门把华县县长叫来，在办公室整整骂了他两个小时。妈的，这些东西！但愿，柳镇这丰产数字没有虚夸的水分。

可吃午饭时他还是让这件事搅得心神不定，他让护士找来一个家在农村的医生，问他家乡在丰收年景玉米一般亩产多少，那医生说最高时达到七百斤。这个数字又让他心里犯了嘀咕：柳镇亩产五千七百斤可能吗？应该问问，问问怀宝，究竟这数字里有无水分！

他起身想去院长办公室给怀宝挂个长途电话，不料刚站起迈了一步，一阵带着金星的眩晕就猛扑过来，一下子把他按倒在了地上……

五

1

廖老七手捏香烟仰坐在当院那株榆树下的躺椅上，隔着枝叶的缝隙仰望着银河岸上疏淡的星星，远处的什么地方，有人哼着杨继业兵困幽州时有些悲凉的唱词，喜欢豫剧的他轻声随着那声音哼了几句，但终觉那调门不合自己的心境而很快止住。

廖老七现在的心境可以用“惬意”两个字概括，如今，唯一让他操心的就是如何保护好自己的身体，好好享受享受一个县长的父亲应享受的东西。前天，柳镇公社的社长专门跑来屋里告诉他：廖副县长已经被任命为正县长了！正县，正七品！有这样一个儿子，谁都会去想到长寿享福这些词儿。

廖老七如今走到街上，问好递烟的人接连不断；逢年过节，镇上一些平日并无多少深交的人都要送点烟酒来；平时，公社的干部不断地来问有没有什么困难；公社卫生院的医生，隔一段时间也总要背个药箱来，非要热情地给他量量血压不可。这种尊重和待遇，老七何时受过？他现在越来越明白父亲临死时说的那些话是多么正确。看来，做官并不在官位本身的俸禄，而在受到的这份恭敬和额外收入。老七读过不少古书，知道自古以来，中国的官俸就不优厚，宋朝以前大体上还可以养家而仍有余裕；元朝以后官俸减得厉害；清朝时，官分九品十八级，一品官的俸银每年一百八十两，每月只合到十几两银子，一个六品县官，每年俸银仅四十五两，每月只有几两银子。依靠这样微薄的官俸，岂不要喝西北风了！重要的不在官俸，而在官俸之外的这份收入……

为了养好身体，老七现在基本上不再拿笔写字，每日晨起，拄一根竹杖，去镇边的寨河旁散步；上午，泡一杯毛尖绿茶，和邻居一个老友下几盘象棋；午后小睡，然后去街上溜达，乏了，回来躺在躺椅上看书。老七专门去镇上中学的图书馆里借来一些诸如《资治通鉴》一类的古书，回来看看想想，以史为镜方可久长。他要给儿子怀宝当个参谋，老七知道当官虽好，但也有险恶，必须多加小心，要时时用历史上的事给儿子一个提醒！

老七这两天就有些轻微的不安，主要是因为粮食征购得太多，公社里的人们有了怨声。老七知道原因是今年的产量说得高了，产量一报高，公粮自然要多交，公粮交得多了，人们吃啥？没吃的自然会有怨声，这怨声眼下还不太高，倘是高到载道的程度，恐怕就要麻烦，就要出乱子。乱子一出，当县长的就可能失了上边的喜欢，这一点得给儿子说说明白，他毕竟年轻，古书读得又少！刚好，儿子领着媳妇晋莓后晌回来看望全家，这正是一个说话的机会，老七原来想在晚饭时就给怀宝说的，不料公社的几个干部听说怀宝夫妇回来，来家硬把两个人拉去接风了，到这阵还没回家。

老七又换了一根烟，慢慢地品着，银河岸里的星星又多了不少，地上一个丁，天上一颗星，不知地上的人是不是真和天上的星星一般多，倘是一般多，哪一颗星星是怀宝的呢？但愿那颗星星会越来越亮，越来越大。

外边响起脚步声和儿媳晋莓的笑声，他们回来了。老七坐起身，咳了一声。爹还没睡？怀宝拉着晋莓的手走过来问。

没哪。老七应道，莓儿忙了一天，该去睡了，宝儿，爹有几句话给你说说。老七看着儿媳走进屋去，凑着屋里的灯光，他发现晋莓走路的姿势与往日有点异样，莫不是怀了孙儿？

爹，有事？怀宝在爹旁边的一把木椅上坐了。一股酒气飘来，钻进了老七的鼻孔。老七抽了下鼻子，缓缓地开口：你如今喝酒的机会多了，记住，此物不可多！它有时会使人脑子不清醒，看不到危险，把正事误了！放心，我喝不多，不过是应酬。怀宝答。那么，你看没看出眼前的危险？老七的眼睛在黑暗中一闪。危险？怀宝的声音里透着茫然。对。你们把产量报得太高，征购公余粮的任务自然派得重，已经有怨声了。知道吧，唐永徽三年，青州有县令叫玉彤的，征赋太重，引起民怨沸腾，后高宗知悉后，即将县令斩首以平民愤……

爹，天不早了，你去睡吧。怀宝平静地说道，而身子却不由自主地打了个寒噤……

2

当闷热漫长的秋季终于把太阳的热量耗尽，冷风开始漫天掠着的时候，饥饿怪兽的狰狞獠牙已渐渐露出来了。起初只是柳镇公社的几个大队报告，公共大食堂的存粮已经不多，希望上级给予解决。这时，怀宝心里虽然有些发慌——他知道这是虚夸之后高征购的恶果开始暴露，但还不是很着急，毕竟面积不大、人数不多，他下令从其他公社给那几个大队调去三万余斤小麦、苞谷。但当第一场大雪埋地不久，局面严重了，整个柳镇公社所有的食堂都已无了存粮，告急电话一个接一个。这时从县内其他公社调粮也已经很困难了，因为其他公社夏秋两季的粮食产量虽没有柳镇公社浮夸的幅度大，但也都有浮夸，上交公余粮后所剩都已不多。怎么办？向上级伸手要粮？如何开得口？大丰产之年竟无粮吃，如何自圆其说？打开国库赈济？谁有这个胆量？

身为一县之长的怀宝，此时是真正地慌了！他一面强令其他尚有不多存粮的公社匀粮救急，一面用电话通知下边，想尽一切办法寻找可吃的东西。榆树皮碾碎可以做糊汤喝；麦糠磨碎可以做窝头吃；牛皮、猪皮去毛经开水暴煮可以充饥……所有能想到的办法都用电话通知到了下边。

当太阳经过一冬的歇息，慢慢缓过气来开始发热，地上错错杂杂地出现青草时，饥饿怪兽露出了它整个吓人的身形，遍及全县的粮荒开始了。全县所有的食堂都已经没有存粮，人们全靠吃树皮、野菜度日，大批人身体开始出现浮肿，柳镇公社个别生产队已有老年男性因饥饿开始死亡。

怀宝此时方知县长这副担子的沉重，怎么办？他开始睡不着觉、吃不下饭，感到一种手足无措的恐慌。只有向上级真实反映情况了，再隐瞒下去，后果更不堪设想。他找到县委书记，两人边叹息边商量，最后决定向专区汇报饥馑情况，请求上级调拨救济粮。但当通往专区行署的电话挂通后，怀宝揉了揉发烫的脸刚准备说话时，未料接电话的行署秘书长先开了口：廖县长，我正要找你哩，全地区已有七个县发生了粮荒，我们准备从你们县调出十万斤粮食来救济他们……天啊……怀宝没听完对方的话就呻吟似的叫了一声，他不敢再犹豫，一口气把本县的情况说了出来，说完之后，电话那头出现了一阵长长的沉默，许久许久，对方才说：好吧，我马上向领导汇报，不过我先告诉你，你们不要对由外地调粮抱太大的希望，这次粮荒是全国性的……

全国性的？怎么会是全国性的？他昏昏沉沉地回到家，看见妻子晋莓正在由笼屉里向竹筛中捡刚蒸好的雪白的馒头，还好，家里倒不缺吃的，这要感谢县政府的办公室主任，他在刚入冬不久的一天，让人送来了十袋面粉，当时怀宝还嫌保存这么多面粉麻烦，未料这倒是一种先见之明。来，尝尝！晋莓腆着怀孕几个月的肚子把满满一筛雪白的东西朝他递来，他惊慌地向门外看了一眼，而后接过筛子快步向里间走去，进了里屋后扭身对晋莓交代。今后吃饭一律在卧室，不要端到外间，明白？晋莓先是一愣，随即把头点点……

当天晚上半夜，专区来电话通知：无力调拨大批救济粮，你们可先从本县的国库粮中调出二十万斤解急。同时告诫：加强对国家粮库的保卫，严防抢粮事件发生！

二十万斤粮食对于一个有五十五万人口的县来说，杯水车薪，能解什么急？不过七天之后，各公社就相继来电话报告：已经开始死人，死者多为壮年男性。半月之后的一个头晌，柳镇公社社长把电话打到了他的办公室里，他一拿起话筒，那惊慌的声音就掉到了桌上：廖县长，今天早晨，仅柳镇四条街上，就发现饿死的男尸十一具，女尸五具，如此死法，怎么办？你快给想个办法呀！

怀宝长久地捏着话筒，直到对方没有了声音仍在捏着。他的日光穿过对面的墙壁，分明地看见了柳镇，看见了他熟悉的柳镇街道，看见了一个个横躺着的尸体，大片的水雾漫上他的眼睛，那些水雾很快凝成了水珠……

3

当六部大卡车的引擎在十字街口骤停，戴化章走下驾驶室时，第一眼看到的是两具卧在街边的男尸，一具男尸的手中还攥着一把棉衣上的套子放在嘴边；第二眼看到的是一个浑身肿得又黄又亮的青年妇女，拎一个小竹筐，筐里搁一把镰刀，正从一个门槛里趔趄着迈出来，显然是要去剜什么野菜；第三眼看到的是一个浮肿的男孩，正在街边大便，他显然是吃了糠和树皮一类的东西，大便干结得厉害，怎么也拉不下来，他哭着喊了一声妈妈，一个中年妇女出来，手中拿一根一头削尖了的筷子，伸进孩子的肛门里慢慢地拨着。剩下的就是寂静，一种彻底的寂静，不仅没有人的歌声笑声骂声话声，连鸡叫鸭鸣狗吠猪哼都没有，镇子完全如死了一般。

戴化章呆呆地站在那里，前天他听说柳镇公社发生了严重的饿死人事件之后，慌忙带病从医院出来回到机关，先是要求办公室迅速给柳镇拨去救济粮，但办公室主任拿出那张表格让他看了以后他才知道，专区掌握的救济粮已经全部分到了各县，中央调拨的大批救济粮还未到达，到处都需要粮食。没法，他又急忙给在省粮食厅当厅长的一个战友挂了长途电话，恳求他想法拨点粮食。到底是在战场上共过安危的战友，听说柳镇死人死得厉害，当即设法给粮食厅设在苑城附近的一个专供部队的粮库打了电话，拨了五万斤小麦。戴化章随即在地区运输公司要了六辆四吨装的卡车，连夜向柳镇赶来。在路上他还想着，车到镇上人们会欢呼着迎上来，现在方知道，人们已经饿得连迎上来说话的力气也没有了。

去，叫各大队的干部都来！他阴着脸对站在一旁的怀宝和其他公社干部说。戴化章从专区动身走时给怀宝拨了电话，让他也到柳镇。戴化章想弄清柳镇这次的饥荒为什么这样严重，怀宝是县长，他应该参加。

没有多久，各大队干部相继来了。戴化章站在他们面前，挨个地盯了一阵他们的脸，而后冷冷地开口：我看你们中没有一个人浮肿，这证明你们这些人还能吃到粮食，但我告诉你们，如果有谁胆敢把这些救济粮贪污一粒，我戴化章决不饶他！你们应该晓得，我姓戴的说话算数！现在，你们上车，去挨队分粮，粮分完后你们仍来这里！还有，请顺便转告乡亲们，中央调拨的大批救济粮就要到了，让大家不要绝望，想办法坚持下去！

六辆卡车分头向几个大队驶去，戴化章眼望着汽车走远之后，无言地走进近处一家院子，怀宝默默地跟在身后。一个十来岁的女孩，正手拿一个早抠去了米粒的玉米棒芯啃咬着咀嚼，嚼满一口吞咽时，粗糙的玉米棒芯憋得她流出了几滴眼泪。戴化章无言地站在那里看着，眼泪慢慢地漫出眼眶，顺颊而下……

当六辆汽车陆续返回十字街口把那些大队干部又带来时，戴化章缓步走到大家面前声音嘎哑地问：你们这里为什么会出现这样的情况？你们去年秋季玉米不是获了特大丰收了么？究竟是什么原因？

人群一片寂然。

你说！戴化章指了一下公社书记。

我们工作没做好。公社书记嗫嚅着。

放屁！戴化章暴怒地跺了一下脚，你的工作当然没做好，我现在不是问你这个，我问具体原因！你说！他又指了一下站在近处的一个大队干部。

我们那里去年的秋粮……亩产……不高……是说得……高了。那大队干部话语吞吐。

怎么叫说得高了？戴化章瞪大了眼睛。

就是虚报了亩产……我们那儿玉米亩产只有几百斤，但说成了五千七……

哦？戴化章惊得退了两步。你们呢？你们也是这样？戴化章那越来越冷的目光在另外的大队干部们脸上一一扫过。

大队干部们都或先或后地把头点了。

是你们公社干部叫干的？戴化章猛地扭身抓住了公社书记的衣领。

不……不是，我们是按县上廖县长的指示——

戴化章的手一哆嗦，松开了，而后极缓地转过身，望定了怀宝，冰冷的目光中掺了一点困惑：你？

哗。怀宝分明感到自己的心脏被辘轳那样的东西一下子吊上去。从戴化章最初从汽车上下来那一刻，从一看到他脸上那副暴怒而痛心的神色起，怀宝就担心他要查问造成饥饿的原因，终于，担心的事来了。

你还有什么要说的？戴化章的声音变得狞厉无比。

我——怀宝一时竟忘了辩护的话该怎么说。

给我绑了！戴化章突然朝身后随来的两个干部吼。那两个干部始而一愣，继而上前，用汽车上绑麻袋的一截绳子，将怀宝的双手反绑上了。

怀宝被眼前的这一幕骇呆，这是他第一次看到戴化章性格中的这一面。受批评、挨骂、降职，这些后果他刚才都想到了，却独独没想到竟会把他绑了。他被戴化章这种冷酷的处置完全震住，竟一句辩解没说就被拉上了车。

上车，去县城！戴化章猛挥一下手……

4

空气沉闷得令人窒息。

怀宝面向窗口，张大嘴巴呼吸，他知道这种窒息感不是因为空气污浊，而是因为内心的压力。

他刚刚做出了一个重要决定并把它付诸了行动！

从他被绑回县城到关进公安局这间拘留室内，中间不过几个小时，他却觉得仿佛是过了几个世纪。在最初被关进这间屋中时，攫住他全身的只是震惊：戴化章，我毕竟跟你干了一段时间，你竟如此不讲情面？一个县长转眼间就变成一个囚犯，仕途竟这样凶险？接下来，那震惊就被恐惧所代替：戴化章最后会把我怎么样？判刑？一旦真的把我判了，就要临产的晋莓怎么办？倘若把我判得时间很长，晋莓带着孩子怎么生活？会不会杀头？想到这里他打了个冷战，柳镇公社饿死了那么多人，这些人的死与自己都有直接关系，法律规定杀人偿命，这么多人饿死会不会要自己去偿命？可能，完全可能！他感觉到有冷汗从脊背上悄悄爬下。巨大的恐惧本能地使他开始思索摆脱这种可怕境地的主意：逃跑？不行！门外就有两个看守！再说，你往哪里跑？检讨？行吗？说的是坦白从宽可只要你真的检讨出来，很可能就把那些作为定你罪的证据！推卸？对！不管浮夸的恶果和应负的责任多大，只要推到别人身上，就好办了！往谁身上推？县委书记？不，他并不具体抓政府的工作，很难成立，而且是同级，一旦你往他身上推，他可以向上级表白说明真相，这不会成功的！上级？说是受了省里的影响，说是受了上级要求大跃进放卫星的压力，不，不能，那样领导会更加生气，会对你处理得更重，也许真的会因此而枪毙你！只有推往下级，下级负有向领导反映真实情况的责任，如果他们反映的是假情况，你因此做了什么决定，那责任就应该由反映假情况的下级来负！对！寻找哪个下级？双耿？

他的双腿一个哆嗦，一股冰冷的东西由脚脖那儿升起，蛇一样地往上爬。

双耿是你的朋友！是你最忠诚的下属！你不能！但他是农

业局长，正管这一方面的工作，是他外出参观向你报告了外县浮夸的办法，是他具体去落实的假仓库，只有往他身上推，别人才能相信；也只有往他身上推，你才能推干净！当然，这样做不仗义，不够朋友，别人知道了会说你坏良心，可你又有什么办法？难道人可以眼睁睁看着自己沉进水里而不设法去抓住一个东西？再说这是政界，你是在搞政治，办公室侯主任那次送你看的那本书上是怎么说的？政界里只有下属、伙伴和上级，没有永久的朋友和友谊；所有保卫自己政治地位的努力只有成功不成功之分，没有合理不合理之论！还有，双耿只是个农业局长，职务低，把责任推到他身上，说不定上级会说他水平差而给以原谅！就这样办吧！

决定一经做出，他即刻向看守要求：我要见戴副专员！就在半小时后，戴化章阴沉着脸来到屋里，听他说完了柳镇公社乃至全县的浮夸风是怎样在农业局长双耿的操纵下刮起来的：双耿怎么去外县参观，怎么向他建议，怎么亲自去下边布置设假粮囤；他怎么受蒙蔽不知下情……戴化章刚一听完，就疾步走了出去。

他们会怎么对待双耿？

怀宝缓缓伸手捂住胸口，再一次觉得这屋中的空气令人窒息……

5

双耿把最后一嘴嚼碎的玉米面饼子塞进二儿子陌儿口中之后，便把眼睛急忙从儿子脸上挪开。他知道，孩子咽完这口之后，还会把一双乌嘟嘟的大眼望定他，盼望再来一口。陌儿没有吃饱！他不敢看儿子的那双眼睛，那晃动的两颗瞳仁似乎分明在说：爸爸，我还想吃，你为什么不喂？但确实不能再喂了，剩下的那半个玉米面饼子是儿子明天早晨的干粮，一顿吃完不行！陌儿，就这，已经比多少农村孩子的处境好了！他站起身，抱着儿子在外间轻轻踱步，陌儿扬起小手，不停地抓他的下巴，他知道那是什么用意，却心酸地不再拿眼去看。唉，竟到了这种地步，眼睁睁看着儿子饿肚。作孽呀！作孽呀！在这一刻，他又想起了去年秋收过后领人去乡下指导农民建假粮囤以应付上级参观的事，他觉出心脏又刀剜似的一疼，急忙用一只手去按胸口。自打那次从乡下回来后，只要一想到这件事心口就疼。当全县范围的饥荒出现，饿死人现象不断发生之后，双耿越加被这负疚之心折磨得厉害，自己身为农业局长，非但没有想方设法去指导农民们正确发展生产，反而要求他们去做假造假糊弄国家，弄得他们屋里没粮锅里没米，使得那些种粮的人竟死于饥饿，这难道不是罪过？还有什么样的罪比这罪大？你得为那些饿死的人负责！负责！

他有些踉跄地抱着陌儿向里间走，想把孩子放到姁姁身边，然后去看看怀宝。自从听说怀宝被抓起来后，他心里的自责变得越加厉害。不，不能把所有这些责任都算到怀宝身上，做具体工作的是我，是我这个农业局长，如果我当时坚决不搞浮夸这一套，或者把真实情况向县报、向《人民日报》、向中央领导报告，也许这个县的粮荒就不会像今天这么严重，或者根本就不会出现这种情况，我应该负责！再说，怀宝当初把你调来县里，就是为了让你帮他做好工作，如今他被关起来，而你这个得力的帮手却在外边过自由生活，这算帮的什么？应该让他解脱，把所有的责任全揽过来，不要因为这件事把他毁了，不能毁了他……

姁姁还在昏睡，几天前她试着把从树上扯来的一些柳叶掺在玉米糁里蒸饼，为的是延长那少得可怜的一点口粮的吃用时间，蒸了后她先吃，不知是洗法不对还是怎么的，吃完她就拉肚子，直拉得浑身酥软没一点点劲，这两天一直躺在床上昏睡。陌儿刚睡到妈妈身边，便习惯而熟练地翻身用手把妈的衣襟撩开，哼哼着把嘴凑上了妈妈的奶头。陌儿，让妈歇歇。双耿从儿子嘴里把奶头拔下，看着姁姁那黄瘦的面孔和稀软耷拉的奶子，他心疼得实在不想让儿子再去吮吸她。让他吃吧。儿子的抚弄和丈夫的声音，使姁姁从昏睡中醒了过来，她又把奶头塞到了儿子嘴里。

院子里忽然响起几个人急促杂沓的脚步声，正默望着妻儿的双耿扭身向外一看，见是戴副专员和几个不相识的人进了院子，他急忙出门招呼：是老领导来了，快请进屋。戴化章脚没动，只冷厉地问：晚饭吃过了？吃了。双耿感觉到气氛不对，有些诧异。吃的啥？声音冷得可怕。双耿原想说吃的是煮红薯叶，后想想自己还有脸向领导哭穷？就答：玉米面粥。你知道老百姓吃的什么吗？戴化章的眼中露了狰狞。狗日的，去年秋收之后，是你去柳镇公社指挥人们设假粮囤的吗？双耿此时方明白了戴副专员的来意，低了头答：是的。

你那样干是要干啥，是想叫那儿的人都饿死？

一股巨大的委屈涌上双耿的心，使他也有些生气：戴副专员，你不能这样说！

咋着，嫌老子的话不好听了？戴化章咬牙向双耿逼了一步，你知道老子们当初革命是为了啥么，是为了让百姓们过上好日子！可你竟让这么多人饿死了，老子现在就是枪毙你也应该！

毙吧！我也不想活了！双耿心中积聚着的那股内疚、委屈和烦躁使他张口叫出了这一句。

这句话把原本就气恼的戴化章彻底激怒了：狗日的，你以为老子不敢毙你吗？我今天就泼上这个副专员不当，也要把你这个说假话祸害百姓的东西毙了！边说边猛地伸手去随行的警卫员腰中拔手枪，那警卫员见状死死按住枪套不给，同时对其他随行人叫：快把双耿带走！

6

怀宝走进办公室重新在自己的办公桌前坐下时，心中竟有一种隔世之感，撤职、判刑、杀头，他原以为这三种下场恐怕自己难逃其中一种，未想到事情发展竟这样顺利！今天早晨戴化章去到公安局关押他的那间房里声音温和地说：我错怪你了，双耿已经完全承认所有造假浮夸的行为全是他干的，我已向地委请示了，决定恢复你的工作。当然，你也有责任，你也要从这件事上接受教训，要注意了解下情，不要被那些别有用心的下属蒙住眼睛……怀宝把心中的狂喜强抑下去，面色沉重地向戴化章表示：副专员，您放心，我一定把这个教训永记在心！戴化章缓缓拍了拍他的肩说，记着不要背思想包袱，我从一开始就不大相信这些事会是你干的，我的眼还没有瞎，我自己发现的人我心中有数……

过去了，这场灾难总算过去了！这是怀宝在仕途上遭的第一次挫折，他这时才有些明白，原来搞政治阶下囚和座上客只差一步，一步！倘若没有双耿承担责任，现在遭逮捕进监狱的就是自己，想到这里，他的两排牙齿不由得一个磕碰。

当然，危机现在还不能说已经完全过去，死了那么多人，你又是县长，人们议论起来少不了要说到你的责任，这会使你逐渐丧失威信，失去人们的尊敬。要想法改变这种局面！要想获得威信和尊敬，目前情况下只有两条路子：一个是迅速让老百姓吃饱，让人们觉出你确实有本领！另一个是和人们共苦，让人们觉得你和他们确实贴心！第一条路现在行不通，要想让百姓们吃饱得有大批粮食，得拖到夏季；只有走第二条了：共苦！要让全县人觉得你在和他们一样受苦！

当晚回家，他交代晋莓用榆树叶、灰灰菜和红薯面和在一起做一点窝头，第二天半上午时，他往县报社打电话约一个相熟的平日很会抓稿子的记者到办公室谈话，谈的是如何禁止浮夸、坚持实事求是抓好救灾让农民休养生息一类的话题，谈到下班时还未谈完，怀宝就热情邀那记者：走，咱们到我家边吃午饭边谈，也好节约时间！那记者见县长一副盛情便没再推辞，到了怀宝家后，腆着肚子的晋莓就按丈夫前一晚上的吩咐，往饭桌上摆了那种用野菜、树叶、红薯面做的窝头，另加一小碟捣碎的辣椒，再就是两碗开水。怀宝指着饭桌歉意地开口：很对不起，没有好东西招待你，想你不会见怪，待今后丰收了我一定再请你来家做客。说毕，先抓一个窝头大口吃起来。那记者看见饭桌上摆的东西一阵感动，尤其是见怀了孕的晋莓也在吃这种东西，差不多就想掉泪。第二天的县报上，果然就出现了那位记者写的一篇通讯，标题是：县长家也吃菜窝头。报纸刊登的当晚，县广播站又把它向全县广播了一遍。这篇通讯的影响和怀宝预料中的一样，不久，就从各乡干部的民情动态汇报上知道，群众晓得县长家也吃树叶野菜窝头，感动地说：有这样的县长，俺们放心了，将来会过上好日子的！

这件事后来县政府办公室主任在向专区写的“救灾简报”上也做了反映，戴化章大概是看到了那份简报，有天突然打电话给怀宝……好样的！群众就需要你这样的干部……

过去了，总算过去了，这第一场灾难！今后再不翻这样的跟头……

7

落雪了。

纷纷扬扬的雪花嬉闹着向地上拥去，眨眼间，院子里就如铺了一层白布。坐在室内的双耿便拿了扫帚出门去扫，在他停手跺脚哈气暖手的当儿，他恍然记起，这是第六个落雪的春节了。六年！多快，他已经被撤职贬回到柳镇六年了！他扭头望一眼那个砖砌的八平方米的传达室，心里竟生了一点惊奇：自己转眼间就在这个小屋里生活了六年？

爸爸！陌儿的声音在大门外响起，双耿抬头，看见小儿子披一件蓑衣提一把伞站在大门外。妈让俺来接你。

待你郑伯来了就走，快去屋里暖——

快回家吧，我来了。随了这声音，一个五十来岁的汉子跺着脚上的雪到了大门前。

双耿接过陌儿手中的伞刚要回家，镇政府会议室门口突然传来一个威武嘎哑的声音：双耿，明儿会议室里有会，你要提前把茶瓶里灌上水，不能误事，误了事我可要拿你是问！双耿应了一声又挪步，但心情却被这番交代一下子弄坏，原先由这新雪飘扬所引起的那点快乐，转眼间消失得无影无踪。刚才那个嗓音嘎哑的家伙，在双耿当初在职时，每次见面都要哈腰点头问候，自打双耿被贬，他便常用这种教训命令的口气说话，使得双耿感到一种被侮辱了的愤怒，同时，又勾起了他压在心底的那股委屈。

父子俩一路无话走到位于镇街西头的家。姁姁来接丈夫手中的伞时，注意到他那不快的面色，知道他是遇上了不高兴的事，吃饭时便有意说些有趣的话题。但双耿一直闷头喝酒，一言不发。姁姁知道郁闷伤身，过去每当双耿苦闷时，就想些法子将他逗笑，不料今晚那些法子用尽，双耿还是两眉紧锁。夜色因为纷飞的雪花来得迟了，姁姁将两个儿子安顿睡下之后，屋内还有微弱的白光。姁姁没有点灯，轻步来到丈夫身边坐下，含了笑说：他爸，我问你一桩事，不知你能不能答出来。啥？双耿吐了口烟。你说，你们男人，一生在家中要扮多少角儿？双耿边想边答：一开始是孙子、儿子，后来是弟弟、哥哥，接下来是丈夫、爸爸，再后来是爷爷、祖爷爷。

不全！妁妁在笑。

不全？哦，对了，还有公公，陌儿和他哥哥要是娶了媳妇，我就是公爹了。双耿的眉心慢慢舒开。

还不全！妁妁莹白的牙齿在渐浓的夜色里雪花似的一闪。

还有啥？双耿停了吸烟。

再想想！妁妁笑着。

噢，还有岳父和外公！假若我有个女儿，我以后还会当岳父和外公。

你如今已经扮了几个角儿？

五个：孙子、儿子、哥哥、丈夫，爸爸。双耿忘了吸烟。

你日后还能扮啥角儿？

公公、爷爷、祖爷爷吧。

你还有啥角儿不能扮？

还有——岳父和外公。

你不觉遗憾？妁妁柔细的声音变得意味深长。

那又有啥法子？我没有女儿呀！双耿笑着摊了下手。

真的没有法子？妁妁的质问很低且充满了蜜意。

噢，你！一阵冲动被这话倏然撩起，双耿伸手把妁妁揽在怀里，猛地抱起她向床走去。

当双耿激动的身体在温暖的被窝里渐渐平静，头安恬地枕在姁姁的臂弯里时，姁姁用很轻很轻的声音在他耳畔说：你已经有这么多角儿要扮，还不满足？那么稀罕一个“农业局长”？

不提那些，我该高兴！双耿满足地轻抚着妻子的腹部……

8

吉普车在橙州县城通往柳镇的沙土公路上不快不慢地跑着，车轮在落了一层雪的路面上碾过时几近无声，引擎的轻响大部分被风裹走，车似在白色的湖中移动。这是今年的第一场雪，怀宝望着窗外纷扬的雪花，心中无声地祷告：下吧，下吧，今年倘再来一场丰收，我这个县长的日子就更好过了！

爸爸，老家快到了吧？五岁的女儿晴儿摇着怀宝的胳膊问。

快了，快到了。怀宝伸手把晴儿接进怀里，在她红扑扑的脸蛋上亲了一口。晴儿把晋莓和自己身上的所有优点全部继承了下来，长得又甜又俏，让他非常喜爱。女儿长这么大，今天是第一次领她回柳镇老家过春节，以往晋莓总是以孩子小路上容易受凉得病为借口，迫他也在县城过节。他知道晋莓这是因为当演员喜欢热闹，不愿把年假放在小镇上过。今年，是经他再三坚持晋莓才让了步的。今年自己坚持回来的原因，是想借过春节这个机会去看看双耿和姁姁。几年了，他一直没有也没敢去看他们，一种深深的歉疚搅得他的心日夜不宁。

待一会儿车到柳镇，和家人们寒暄几句，就拉上晴儿去见双耿和姁姁，他们的小儿子好像是叫陌儿，陌儿比晴儿大，七岁了吧？

未料到的是，车刚一进柳镇街口，街边突然闪出了柳镇公社的社长等一群干部，人们鼓掌向车前迎来，有人还点响了一挂鞭炮。怀宝皱了皱眉下车说：我今日是回家过年，又不是什么公事，你们怎么还来欢迎？

大伙也是自愿，听说你回来，都等在这儿想给你拜个早年！走吧，先到会议室里坐一坐，同大伙见见面，而后再回家，我已经给廖伯伯交代过了！社长笑指着公社的大门。

看见这么多人冒雪来迎，看到街两边闻声围来的人们眼中的敬畏神情，看见晋莓因这欢迎而在脸上露出的激动，怀宝虽然眉在皱着，心中却也高兴！娇美的妻子，俊俏的女儿，崭新的吉普车，欢迎的人群，这一切不能不使人高兴。一刹那，怀宝的脑海里晃过了“衣锦荣归”四个字。

走进摆了糖果点心的公社会议室，怀宝和晋莓立刻就被热烈的问候所包围，怀宝正含笑应酬时，门外忽然传来晴儿的哭声，怀宝和晋莓听了这哭声一齐扭眼去看，只见晴儿正在院中的吉普车旁抹着眼泪，她的身边站着一个虎头虎脑的男孩。怎么了，晴儿？晋莓朝女儿走去。他不听话，非要摸我们的车不可！晴儿指着那个男孩哭诉。这当儿从传达室里奔出了手拿一双筷子口中还在咀嚼的双耿，双耿身后跟着手端半碗饺子的姁姁。

怀宝身子一个哆嗦：是他们?!

陌儿，怎么欺负人家女孩？双耿厉声训着儿子。我没有欺负，我只是摸了摸汽车……陌儿带着哭音辩解。姁姁这时走上前，弯腰将儿子拉开。只是在这时，晋莓才认出了眼前的女人是谁，叫了一声：姁姁！

姁姁和双耿朝晋莓和怀宝这边望了一眼，双耿说了句：廖县长，你们忙吧！就和妻儿又进了传达室里。

怀宝呆立在那儿，他曾设想了无数个看望双耿和姁姁的方式，却没有一个方式与这相同，他提了提脚想向传达室那边走，却最终没把双脚提动，他没有面对他们的勇气……

9

除夕夜吃罢饺子，怀宝正同妈和妹妹和妻子说着家常，整个晚上一直沉默寡言的廖老七突然咳了一声，说：宝儿，你跟我出去一下，办点小事。啥事？怀宝有些诧异。但老七不再说话，放下棉帽上的护耳，径直走出去。怀宝疑疑惑惑地跟着走到院里，又问：爹爹啥事？廖老七慢腾腾地答：去看一个人。谁？怀宝再问，但老人已出了院子。

大片的雪花还在飘洒，人们白日在雪地上踩出的痕迹，正渐渐被新雪掩埋；街上空寂冷清，间或有几声啪啪的鞭炮响声。怀宝跟在爹的身后，不知所以地走着，他知道爹的脾气，他不想给你说你问一百遍也白搭。廖老七在前边吃力地踏雪走着，有几次脚下一滑，差点倒下去，亏得怀宝手快，急忙上前扶住。走到街北口时，廖老七才站了说：我领你去见的这个人是个右派！

右派？怀宝一惊，想起自己是县长身份，我去见一个右派干啥？

他是一个有大学问的人，过去在北京大学教书，打了右派才回到这小地方来。廖老七捋了一下自己的胡子，早几天他同我闲聊时说过一番话，是关乎国家大局的事，我想让你听听！

让我去听一个右派讲什么大局？怀宝有些生气。

咋着了？雪光中可见廖老七的双眼一瞪，你当一个县长就一懂百懂了？历史上有些宰相还微服私访民间的一些能人，听他们对国事的议论，兼听则明！你一个当官的，连这都不懂？

好，好，去见，他叫啥？怀宝不想在这雪地里再同爹争论。

沈鉴。四十多岁了，你不认识。廖老七又开始移步，边走边嘱咐：这人有怪脾气，女人也已离婚，见面时你要放下架子，顺着他！

怀宝不再言语，很不高兴地跟了爹向远离镇街的两间独立草屋走去。门敲开后，出现在面前的是一个面孔清瘦衣服破旧却干净的近五十岁的男子。沈先生，这个是我儿子怀宝，来向你求教的。廖老七哈了腰说。沈鉴身上的那副儒雅气质和眼镜后边的那双深邃眼瞳，使怀宝把县长的架子不由自主地放了不少，他客气地点了点头，注意到这草屋内没有别人，只有锅碗和一张单人木床等极简单的用品，再就是堆在纸烟箱子上的一摞摞书报，床头小木桌上摊的是两本外文厚书。求教不敢当，不过县长能来我这草庐一坐，我倒很觉荣幸，请坐。那沈鉴不卑不亢地让道。

沈先生，我觉得你前天同我说的那番话很有道理，很想让我儿子听听，可我又学说不来，烦你再讲一遍，好吗？廖老七很谦恭地请求。

我俩那日不过是闲聊，哪谈得上什么道理，廖老伯太认真了。沈鉴摇着头。

廖老七向儿子使了个眼色，怀宝就说：我今天是专门来请教的，请沈先生不要客气。

沈鉴看了怀宝一眼，怀宝立刻感觉到了那目光的尖锐和厉害，仿佛那目光已穿透了自己的身体。我是一个右派，你一个县长来向我请教，让你的上级知道了，不怕摘走你的乌纱帽？

怀宝身子一搐，这句话按住了他的疼处。但他此时已感觉到姓沈的不同常人处，或许他真能讲出很有见地的东西，听听也好。于是他急忙将自己的不安掩饰过去，含了笑说：今晚咱俩都暂时把自己的身份抛开，我不是县长，你不是右派，咱们只作为两个街邻闲谈！

街邻闲谈，好，好！既是这样，咱就算闲谈瞎说。不过，廖老伯，你还是请回吧。虽是闲谈我也不愿我的话同时被两个人听到，一人揭发不怕，我怕两人证死，日后你们父子两个证明我大放厥词可就麻烦了！请老伯勿怪。说罢沈鉴哈哈大笑。

沈先生开玩笑了！廖老七也笑着说，但还是拉开门走了出去。

怀宝，你在政界做官，对政界的气候最近有些什么感觉？沈鉴扶了扶眼镜。

感觉？怀宝一时说不出，除了感觉到“忙”，他确实没想更多的。

有没有要出点什么事儿的感觉？沈鉴的眼眯了起来。怀宝摇了摇头，他没有装假，他的确没有这种感觉。

那就罢了，既是如此，我们就不从这里谈起，我们从毛泽东谈起，好吗？待注意到怀宝神色一变，沈鉴笑了，不要紧，没人会证明我们曾经谈起过他！

怀宝既未点头也未开口，只摆出一副听的姿势。

别看他把我打成了右派，我照样认为，他是一个非凡的人，他通晓中国的历史文化，深谙这个社会的内部结构和运行规则；他具备出众的组织才能和驾驭手腕，善于处理、调动权力系统内部复杂的矛盾关系；他具有一般党内实干家所不具备的理想主义精神，他尽管出生于韶山冲那一偏僻的山村，但那块土地上却有着楚汉浪漫主义的悠久文化传统。他天生的诗人气质与后天得来的广博知识相结合，形成了他独特的、充满个性的理想。近代中国就需要这样一个人！触目惊心的国耻大辱，愈演愈烈的社会动乱，民族文化的深刻危机，社会道德的沦丧败坏……当袁世凯、张勋等各种权威人物被证明并不能拯救这一切时，他理所当然地从社会底层走上来了！

他掌握了这个巨大的中国之后，便满怀信心地要把他的社会理想付诸实践。这同时，他也像中外历史上所有获得统治国家权力的人一样，时刻存在着三种担心：第一是担心被他领人打倒的旧统治势力的伺机反抗和破坏；第二是担心知识分子对他的社会理想付诸实践说三道四，他知道知识分子总要有一些不同政见，总要对这有看法对那有意见，他们的这种特点在夺取政权时可以利用，在巩固政权时就更要警惕它涣散人心的作用；第三是担心自己的战友、同伴、部属中出现不满不理解甚至反对自己治国行为以致想要篡权的人……

怀宝有些茫然地听着，他不知道沈鉴的这番谈话最后将要到达一个什么地方。

为了解除第一种担心，他组织进行了镇反、肃反，使这方面的问题基本得到解决；为了消除第二种担心，他组织进行了知识分子改造运动和反右斗争，从而使大多数知识分子学会缄口；对于第三种担心，因当时除了高岗、饶漱石事件之外，还没有发现更多的根据，所以暂时没采取更具体的措施。在这同时，他的改造社会的理想开始付诸实践，他主要办了两件大事：一件是生产资料所有制的社会主义改造；一件是总路线、大跃进、人民公社的推行。后一件完全失败了。这两件事你都是参加者，不用我说你也知道。

怀宝用一个一闪而过的微笑做了回答，既未点头也未开口。

他在经济工作中的分量开始减轻，他带着深深的不安退居二线，让刘少奇主持国家的日常工作。这时知识界出现了怨声，他的战友和同伴中也有人开始抱怨。此时，他掌权之初那三种担心中的后两种担心开始变重，他谙熟中国政治理论及中国历程，对大权旁落的政治威胁特别敏感，他有了危机感。赫鲁晓夫否定斯大林的报告和做法使他这种危机感加重了。

他的危机感加重是有表现的，不知你注意到没有，他开始把意识形态领域和知识分子中的问题看得十分严重。他在一九六三年十二月和一九六四年六月两次作了关于文艺的批示，认为文艺界许多部门至今还是“死人”统治着，已经跌到了修正主义的边缘……这方面的讲话和文件愈来愈多，他估计中央已经出了修正主义；一九六二年，他在八届十中全会上讲了党内反修问题；前年六月，他在一次会议上又说：传下去，传到县，如果出了赫鲁晓夫怎么办？中国出了修正主义中央怎么办？这个话估计你已知道，我还是听我的一个朋友来信说的。

他的这些话绝不会是仅仅说说就放那里了，不会的，他一定会采取行动，这个行动的样式和规模我不知道，也不好预测，但有一条我可以告诉你，就是这个行动的规模不会小了！这就是我刚才为什么问你有没有要出事的感觉的缘由。

怀宝震惊地看着对方，他被对方的这个预言惊住了。

这就是我今晚愿意同你说的！但同时我也告诉你，我今晚什么也没说，明白吗？沈鉴狡黠地望着他……

10

回县里后整整一个星期，怀宝都没睡好觉，他一直在想着沈鉴的那些话，他这时才知道自己对政界大局所知很少，对政治这东西所懂不多，自己以往只能算是有点政治意识。沈鉴说的那些话究竟有无道理他做不出判断，他有时想沈鉴是一个右派，对现实不满，那八成是他所做的一种蛊惑宣传，不必相信；有时又觉得他的预言有些道理，自己应该早作准备。他甚至仔细地回忆了自一九六一年以来自己所做的主要工作，看看有无把柄落在外边，贯彻“调整、巩固、充实、提高”的经济工作方针，这是按中央指示办的；组织向雷锋同志学习，这是响应毛泽东的号召；开展农村社会主义教育运动，这是中央布置的。每一项工作自己都没乱搞，别人抓不到什么，即使真出了什么事，也没有什么了不得的！

春节后各项工作如常，日子像以往那样过去，不但没有什么大事情发生，相反从专署还传来一条消息，说很可能调他去地委办公室当秘书长，秘书长就是副专级干部，这传闻虽未得到证实，但怀宝也很高兴，这起码证明上级对自己的看法不错。

此后他工作更加认真，争取真的能调到地委去，他这时做工作都已是轻车熟路，在一件一件的工作中，沈鉴的那个预言在他脑子中的位置越来越靠角落。正因为如此，他忽略了好多先兆，对许多现象未加分析，直到那个上午来临。

那是一个天空多云的星期一上午，早晨他起来得很晚，前几天他去一个偏远的山区公社检查工作，星期日晚上才赶回家。和晋莓几日不见，晚上上床时事情做得太久，加上几天的劳累，一觉醒来竟快十点，他匆匆洗漱吃了两口饭，就提了皮包去机关，进了机关院远远看见办公楼前有不少人在围着看什么东西，走近方见是沿墙贴了几十张大字报。他当时还未在意，这段日子县里几所中学开始四大，贴了不少学校领导的大字报，这事他知道。他估计八成是学生把那些大字报贴到这儿了，并未就这事产生更多的联想，学生们写点大字报还能算什么大事？直到他从那些大字报中看到一行大字标题：廖怀宝，你这个走资本主义道路的当权派往哪里躲？他才蓦然把眼睛睁大，才觉得心脏似骤然停跳！这时，他才突然想起，就在他这次去山区公社检查工作前的那个早上，办公室秘书给他送来一个传阅文件夹，上边有一份中央文件，好像是一个通知，说的是进行“文化大革命”的事。他当时因为急着动身，只翻了翻，没有细读，以为“文化大革命”是思想文化界的事，便没在意。莫非这就是那个通知的结果？

他的眼睛在大字报上又看到了县委书记、副书记的名字，看来并不是针对自己一个，而是整个党委和政府，这是要干什么？这不是一桩小事，一般人不敢这么干，他一下子想起了沈鉴的那个预言。

他倒吸了口冷气……

11

晋莓被突发的一连串事件击蒙了：住所的院里院外贴满了大字标语和大字报，三间住屋被翻抄了一个遍，怀宝被剃了光头拉到体育场批斗，剧团里成立的所有战斗队都不让她参加，走到街上随时可以听到人们骂她当权派的“黑老婆”……

过去所有让她引为自豪的东西顷刻间全部消失，她和她的一家一下子坠入了社会的谷底。

最初的惊恐过后，她感到的是愤懑，她骂，骂一切翻脸不认她的人。每当她开口骂的时候，怀宝总是害怕地制止她，她于是转而把怒气对准了怀宝：你这个胆小鬼！经过批斗游街的怀宝，脸上是一副疲惫萎靡颓唐之气。晋莓骂罢，又心疼地上前抱紧了他。

过去不曾想到的压力，在继续向她这个三口之家涌来。这压力中最大的一股来自晋莓自己的家庭。晋莓的父母过去在县城开一间杂货铺，如今是县商业局的干部，两人当初对长女同怀宝这个县长结婚，都是十二分的赞成，而且把女婿作为炫耀的资本。晋莓的妈对女婿和外孙女喜欢关心得更是出奇，三天差不多要向女儿家跑去两次。但这都是过去的事了，如今，这对做岳父岳母的却为有这样一个女婿后悔不迭：先是晋莓弟弟的对象因怕有这个走资派姐夫退了婚，继是晋莓的两个妹妹在学校当不了红卫兵被列入了黑七类，再是晋莓的爸妈被本单位里的人称作了铁杆保皇派。于是一大团怒气就郁积在了做爸做妈的心里。那天晋莓领着晴儿提个瓶子来家想舀点甜酱，甜酱是怀宝平日爱吃的东西，妈每年都做了不少放那里，过去，隔段日子妈总要送去一瓶，这段时间不见妈去，晋莓就自己来拿。未料刚进屋，妈一看见她手中的瓶子，竟发了脾气：怎么，又是要甜酱？我这甜酱就是给你们做的？吃完了就来，还有完没完？晋莓先是一愣，见端坐一旁的爸爸也冷着脸，随即就也把眼睛瞪圆怒道：你不给就算，好稀罕！过去不是你说甜酱吃完就讲一声吗？做过杂货铺老板的晋莓妈嘴头子厉害：我说过一句话还能管一辈子吗？你们是什么大人物，非要我们伺候不可？一句话噎得晋莓脸红脖子粗，半天喘不上气，等终于缓上气后，晋莓哇的一声哭了，晴儿也随即哭了。做妈的见女儿哭得那样伤心，心也一软，就上前抱了女儿诉说：我也不是嫌你们来舀点甜酱，实在是为怀宝的事心里憋闷，眼睁睁一个家让他给全毁了，咋办呢？你弟弟妹妹们有他这个社会关系日后的前途咋整？他已经成了走资派，出头的日子没了，眼见你年轻轻地拉一个孩子要跟他受一辈子苦，我这心里好受……娘儿俩说着说着就哭成了一团。

12

怀宝胸前挂着纸牌向那辆拉他们这些走资派去各社巡回批斗的卡车走时，腿软得已几乎迈不开，这一方面是因为连续几天巡回批斗太累，更重要的是因为今天要去柳镇。柳镇，那是他的家人所在地，是他走进政界的起点，是他熟人最多的地方，那里还有让他见一眼心里就发虚的姁姁和双耿，他不愿去，实在是不愿这样回到柳镇，哪怕去另外的地方再加斗两场也行。

但卡车还是开动了。

车到柳镇时径直开进批斗会场，会场就在公社门前的广场上。迎上来押他们往台上走的人他大部分都认识，多是公社里的一般干部，春节他回来时也是这些人冒雪在街上迎候，那时候他们一个个笑得亲切真诚好看，如今却一律的满脸冰霜竖眉瞪眼。在这一刹那他又一次想到了“权”这个东西实在太神奇。有它和没它会使一个人在世上的地位截然相反。杂种！只要老子还有将来，决不会让“权”从手边溜走，我早晚还要把它抓住！

他被押到台上时听到下边起了一阵骚动，抑得很低的声音不断地撞进耳中：那就是廖怀宝……天呀，过去多威风，如今……这县长也是不好当的……他家祖坟上的风脉也许跑脉了……人哪……

他向台下看的第一眼就碰上了沈鉴的目光。沈鉴抱了个扫帚站在台子一侧，似乎是刚刚扫完了什么地方来的，沈鉴的目光中带了一点笑意。一触到他的目光怀宝又想起了他那个预言，这个人确有眼力！自己将来若有机会，一定要跟他学点东西。

台下响起了口号，批判会已经宣布开始，口号中有“打倒廖怀宝”什么的，接下来有人在念批判稿，他没有认真去听，他对这些已经习惯，但他担心这些会给他的父母家人带来巨大的压力，他不时借整理胸前的纸牌侧一侧身，用余光去搜索家人，家人没看到，却看到了怀抱孩子的姁姁。他只看了姁姁一眼，就急忙把目光闪开。他原以为姁姁的眼睛里肯定是一副幸灾乐祸的神情，却未料到在那双他熟悉的美目里，只有一种茫然和淡漠，他的心一缩。

因他不断地想用目光寻找家人，原本低下的头不觉间抬了起来，两个看押的红卫兵见状，猛朝他的头和颈上捶了几拳，猝不及防的他只觉两眼一黑，便向地上扑去。在这同时他听到了台下响起一声惊呼：我的宝儿——是娘的声音！娘！她倒在了地上……

六

1

廖老七面孔阴郁地走进公社大院，两只老眼机警地在院内一转。院子里空旷无人。正是吃饭时分，公社干部在食堂陪押解走资派来的县上人吃喝；公社的会议室里，几个与怀宝同时来挨斗的走资派在那里闷头喝着稀面条；会议室旁边那间空房里的一张乒乓球桌上，躺着昏昏沉沉的怀宝。没有人注意到这个伛腰缩背的老人的到来。门开着，他闪身进去，把门掩上。儿子就躺在面前，双眼紧闭，面色蜡黄，头发蓬乱，他简直不敢相信这就是他那个一呼百应令他骄傲的儿子！世道变得这样快？难道我廖家的气数真的尽了？不！我不信！他昨天专门去廖家祖坟上看了看，一切如常，坟地中央大楸树上落喜鹊的“凤巢”和树根部那个钻蛇的“龙窟”都如原样，没有跑脉的迹象！

他阴鸷的目光向室外扫了一下，赶忙走近乒乓球台，抓住儿子的胳膊使劲晃了晃，昏沉中的怀宝慢慢睁开眼来。

怀宝，看见我了么？廖老七压低了声音问。

爹。怀宝微弱地叫了一句。

听着！廖老七眼直盯着儿子说，待一会儿你要忍住疼，来，把衣角咬在嘴里！说罢，撩起儿子身上的衬衣衣角朝他嘴里塞去。接着把别在裤带上的一块钉有一排铁钉的木板取下拿在手中，先看了一眼儿子，而后咬起牙猛朝怀宝屁股打去。怀宝痛楚地低叫了一声：呀！廖老七不管不顾，又猛从怀宝的屁股上把有钉子的木板拔下，鲜红的血通过那些钉眼迅速涌了出来。廖老七这时把木板掖进自己裤腰里，开始把怀宝屁股上流出的血用两手一抹，在怀宝的白衬衣上和脸上、胳膊腿上抹开了。接着，又飞快地把儿子抱放到乒乓球台下，又把墙角的几块碎玻璃和半截砖扔到儿子的身边，再把手上的血朝地上甩了几下，这才嘱咐怀宝几句后，匆匆离去。

廖老七刚走到公社大门口，就听见院中有人喊：快呀，快呀，老廖出事了！

不一会儿，躲在公社卫生院附近的廖老七，看见几个人七手八脚地抬着怀宝向卫生院跑来。急诊室里的一名医生让把怀宝放在诊台上，而后把抬送的人以防止把细菌带进室内为名赶到室外。半小时后，那医生满头大汗地出门摘下口罩声调沉重地宣布：你们送来的人脊椎骨骨折内脏出血，需立即住院手术，否则有生命危险！那负责押解的人中有一个就急忙跑回公社大院向县里打电话请示。一刻后又跑来向医生交代：上边同意让他就地手术治疗，你给我们写个诊断证明就行；他什么时候可以走路了你要报告我们！那医生就急忙点头写证明。

2

娘的棺材由堂屋中向外抬时，怀宝只敢站在厢房门后隔着门缝向外看。娘是那天在批斗他的会场上晕倒得了脑溢血，于几天后去世的。是为心疼自己而死的！

没有响器班子，没有鞭炮，没有火纸，更没有花圈。爹和妹夫以及两个邻居抬着那口薄薄的棺材，缓缓向院外走，棺后只跟着低声抽泣的妹妹。

他多想冲出去，扶棺哭一顿，可是不行，他现在必须装成一个脊椎骨骨折卧床不起的病人，倘若他出门一旦让人发现，爹使的这个苦肉计就完了，他就要重新回到批斗台上去。

他一直默站在门后，望着空旷的小院，直到爹和妹夫、妹妹从墓地回来。妹夫和妹妹因怕受他这个“走资派”哥哥的连累，进院放下抬棺材的家什，便出门回他们的家了。怀宝看见爹一个人在院里枯坐抽着旱烟，一袋连一袋，直到暮色压进院来。

就在暮色渐浓的当儿，一阵踢踏的脚步声响到院里，怀宝辨出，那个模糊的身影是右派沈鉴。廖大伯，想开点。他听到沈鉴在对爹说。

没啥，我能想开。怀宝看见爹缓缓起身，用烟锅指了一下怀宝住的屋子，他住那屋，你，劝劝他。

怀宝坐在床边，静听着沈鉴和爹的脚步声移近了，门推开后，屋里屋外的黑暗融为一体，怀宝看不清沈鉴脸上的神色。谁也没去点灯，三个人都在黑暗中坐着，片刻之后，怀宝先开口：沈先生，你的预言挺准！

沈鉴的声音仿佛带了笑意：人们既然心甘情愿地把一个人抬向神坛，就应该接受他从坛上撒下的东西。他依旧说得不紧不慢，平静异常。

唉！怀宝明白他所指是谁，叹一口气。

不过你别害怕，一个民族躲不开的灾难，一个人倒不是就也躲不开。沈鉴仿佛是在笑着。

是吗？怀宝觉得心神一振，沈鉴上次谈话的应验，使他对他的话不敢看轻，何况，他现在也迫切想知道自己避开灾难的办法。

毛泽东发动这场运动的目的，并不在于和你这个县级干部过不去，你只是一个陪者，你现在所做的只是让人们忘却你就行，人们忘却你越彻底，加诸你的危险就越小！眼下这个办法就好，要让人们相信你已经骨折且有瘫痪的可能，懂吗？

怀宝急忙点头。

沈先生，这次怀宝要是躲过大灾，我廖家会记你一辈子恩德！廖老七喑哑地开口，然后转向怀宝：宝儿，让你摔伤就是沈先生教我的主意。

谢谢沈——

街上蓦然传来几声狗吠。

怀宝戛然噤口。

屋中又只剩下了寂静……

3

晋莓走出剧团大门的时候，天差不多黑了，街上的路灯已挤出了几缕昏黄的光。心中所受的刺激和下午打扫剧场的疲劳，使她连步子也不想迈。出剧场沿街走几百米，是一座石桥，走到桥边时，她无力地在桥头坐下了。

晋莓望着桥下那近乎凝固的河水，心中又想起了下午的那一幕：她和本团另外几个黑帮一块儿打扫剧场。舞台上，本团造反派新成立的毛泽东思想宣传队正在排演节目，看着舞台上那些蹦蹦跳跳的演员，再望望自己手上的抹布和笤帚，她的心中憋闷得厉害。

想当初进剧团时，因为她的嗓子和身段相貌都很漂亮，她很快就成了台柱子。每次演戏，只要她一出场，准会有掌声响起。在和怀宝结婚前的那段日子，她几乎每天都要收到男人们的求爱信，那其中有些信让她读后真是心花怒放，促使她最后选定怀宝做丈夫，除了对他的爱慕之外，也是因为县长夫人的生活最引人注目，她愿意自己此生的生活能永远吸引人们的目光。没想到生活会突然来了个颠倒，唉……怀宝……

嘀，这不是晋莓吗？一个骑自行车的男子忽然停在了晋莓身边。晋莓抬头一看，认出是县红卫兵造反总司令部的副司令蒙辛，此人早先是县文化局的一个股长，当年也曾是自己的一个狂热追求者。她知道如今不能怠慢这人，忙站起身应了一句。

是要回家吧？来，我顺路送送你！那蒙辛边问边不由分说地拉过晋莓，就要她坐在车后座。晋莓见状不好再推，只得坐上。没走多远，车至一暗影处，蒙辛的车把一歪，蒙辛和晋莓同时倒地。吃了一惊的晋莓刚要从地上站起，不想蒙辛这时已麻利地爬到了她的身上，口中还喃喃说着：可该我来尝尝味了吧？晋莓被这突然而至的侮辱气蒙了，她用尽全身力气一把将蒙辛推了个狗爬，同时迅疾地从地上摸了一块砖头跳起来叫：姓蒙的，小心我砸死你！

蒙辛悻悻地爬起来，讪讪地笑道：你别凶，如今不是过去，我只要看中了你，你就是我的！我是真心喜欢你，我想你想了多少年了！再说，廖怀宝有什么好，如今不过是一个我随时可以摆弄的东西——

晋莓没有再听，只是捏紧手中的砖头，转身就走，走出几十步后，才抬手去抹屈辱的泪水……

4

一个飘着细雨的傍晚，廖老七正在做饭，忽见晋莓拉着晴儿进了院子。老七脸上笑着，把母女俩让进堂屋后说：你们先坐，我去看怀宝醒了没有。其实怀宝那阵早听见了妻子、女儿的说话声，正急着披衣起身要过来相见。老七推门进了厢房看见儿子的激动样子，忙压低了声音说：你慌啥子？先躺下！我们还不知道晋莓来是要干啥，女人的心像小孩的脸，容易变，这年月不能不防！你要告诉她你是脊椎受伤，不能动！

怀宝对爹这话有些反感，不过听出有些道理，就只好又躺到床上。老七这才过去喊儿媳、孙女过来，说怀宝已经醒了。那母女俩进了厢房看见怀宝躺在那里浑身缠着绷带，都扑到他身上哭了。怀宝那刻被妻子女儿哭得心里发酸，也流了眼泪。

在回答了晋莓的一番询问后，怀宝就开始问到晋莓她们母女的生活情况，晋莓哽咽着说：生活上难点没啥，就是文化局那个叫蒙辛的老去纠缠我。他如今是县造反总司令部的副司令，咱不敢不让他登门，可让他登门我又害怕，他总劝着要我跟你离婚，跟他过日子，我听着恶心透了。他说他不达目的决不罢休，我实在是怕出事，便领着晴儿回来，咱们一家人住一起，我也好照应你……

怀宝听得又气又喜，气的是蒙辛那个杂种，敢欺负他的妻子，狗东西；喜的是晋莓对自己的忠贞。一直站在一旁的廖老七，这会儿脸上的阴云却越来越多，他看见儿子冲动得想要从床上一骨碌坐起，急忙重重地咳了一声。

怀宝听见了那声咳，抬头一看爹的脸色，一怔，将那股冲动压下了。

晚饭是晋莓坐在床头喂怀宝吃的。饭后，晋莓去灶屋洗刷锅碗时，廖老七走到儿子床头，压低声音说：晋莓不仅不能在咱家久住，而且你还要和她离婚！

为啥？爹，你疯了？怀宝被这话惊得一下子坐起，眼极度地瞪大。

你想，她是被县城里的造反司令纠缠上的，那司令要是发现晋莓不在县城而是住到了柳镇咱家里，他势必会想法找来的；他要看晋莓还铁着心要做你的妻子，他就不可能不想法来找你的事！如今，一个造反司令，用批斗的方法弄死你一个两个廖怀宝可是如同踩个蚂蚁！要是弄残疾，那就更容易！

啊？怀宝被爹的这番分析骇愣在那儿，双唇张开，久久没有合上。

你仔细想想，是要一个女人还是要自己的性命，要将来的前途！他们只要把你弄残疾，你这辈子就算完了，日后就是有再大的官给你当，你也当不成了！而我看这世道是早晚要变的，有乱就有不乱，一旦不乱时，说不定会再让你当县长！我还是要给你重复那句话：这世上的漂亮女人多的是……

爹，别说了，你让我想想，求求你，别说了！怀宝朝爹挥着手。廖老七朝门口走了一步，又回了头微声交代：既是已经给晋莓说了你是脊椎受伤，躺那里不能动，那你今晚和她睡一起时，可不能做那事，以免让她看出破绽——

爹！怀宝脸红得如流血了一样制止父亲说下去。他感觉到心里起了一股对父亲的恨。

爹终于走了，怀宝重又躺在床上，呆着眼去想爹的那些话，尽管有那股对爹的恨在干扰他的思考，他还是想通了爹说的那番道理。蒙辛既是看中了晋莓，不到手他是不会轻易罢手的，有没有别的办法？思来想去也没有。嗨，女人哪，你他妈的为啥要长得引人注目？

晋莓在灶屋洗刷完锅碗安顿好晴儿睡下之后，来到怀宝身边准备歇息。她在丈夫的身边另抻了一床被子，麻利地脱着自己的衣服。怀宝毕竟很长时间没见妻子了，一看见晋莓那雪白丰盈的裸体，就激动得手打哆嗦，以他心中的那股欲望，他是真想翻过身去压到晋莓身上好好揉她一番，但他一想到自己刚下的那番决心，便猛地咬一下舌尖，在尖锐的疼痛中把一口带血的唾沫咽进了肚里……

5

第二天上午，廖老七把晋莓叫到堂屋，话音沉重地说：孩子，有件事我不能不给你说明白，怀宝被他们打伤了脊椎，医生说他后半辈子要瘫到床上。他不想再连累你，他已经下了决心同你离婚……晋莓被惊呆在那儿，好久之后才能开口说：爹，他瘫了我养活他，我决不能在这个时候离开他。老七又急忙摇头：你的这份情义我和怀宝俺们父子都会记在心里，只是你带一个孩子再伺候一个瘫子过日月可是太难；再说他还是啥子走资派，这帽子压到你和晴儿头上可是不轻，就是为了晴儿你也该离开他……

晋莓哭得捂住了脸。这当儿廖老七进屋收拾好晋莓和晴儿母女的东西，拿出来递到晋莓手上说：走吧，全当是为了晴儿！唉……

晋莓“哇”一声冲进厢房扑到怀宝身上，怀宝那刻闭上眼睛啥也不敢说，他担心话语里会露出什么。晋莓眼见公公和丈夫都没有安慰自己软下心的样子，再想想自己的艰难想想自己母亲说的那些挖苦话，心真如刀割。但她仍坚持在廖家住着，不过住了三天，廖老七吃饭时就黑丧着脸，一副要赶人出门的样儿。有天早饭时，晴儿嫌红薯面稀粥不好喝，廖老七就话中有话地斥道：嫌这儿的饭不好就滚回你们县城去！晴儿被吓哭了，晋莓那刻一怒之下扔下手中的碗，转身拉了晴儿就走。

怀宝在厢房听见妻子女儿哭着出门的脚步声，忍不住跳起身扑到窗前张嘴要喊，口刚张开又被爹紧忙捂住了。

晋莓和晴儿走的当天，廖老七就以自己的名义，给县造反总司令部的副司令蒙辛写了一封信，说明自己的瘫痪儿子廖怀宝决定和晋莓离婚，对她今后的生活不再负任何责任……

那天晚上，怀宝僵了似的仰靠床头，不吃不喝双眼紧闭。哈哈！没了，啥都没了，官职、名誉、家庭、妻子、女儿，什么都没了！奋斗了这么多年，原来如此！当初兴冲冲走进县城，如今孤零零躺到柳镇，而且让娘为你担忧而死！这一切全因为当官！当官！你为什么要去当官？

乾隆二十八年，不知什么时候进了屋的廖老七这时突然低沉地开口。声音惊得怀宝身子一战，睁开了眼。

韩州知府赵崇光，因同僚谗害他治河不力，皇上发怒，立刻传旨把他削职为民，并遣往西北不毛之地——

途中，妻、女、儿相继病死，可怜赵崇光咽苦入胸，忍辱活下去，四年后，谗言破。皇上想起赵崇光，又即封他为河务大臣，总理黄河河务，官职比原来还高出一品。不过半年时光，赵崇光又娶妻纳妾，仆从如云……

说这些干啥？怀宝直直地盯着爹爹……

6

一个无月的晚上，双耿带着姁姁来看怀宝，怀宝那刻正在让爹给自己身上的伤口换药，见二人进屋，有些尴尬，一时不知说什么好。倒是双耿先开口：怀宝哥，伤怎么样？想开点。边说边蹲下身帮着廖老七换药。怀宝想起自己当初对双耿所做的那些事，想来点解释，刚说了一句：双耿，你撤职时——话就被双耿拦住：还说那些旧事做啥，如今看来，那对我倒是一件幸事，若我还在职，这场运动中我不死也要蜕层皮了。廖老七怕两人在这个话题上扯久了对怀宝不利，急忙岔开问：双耿，听人说你在试种新小麦，可是当真？双耿就答：是的，老伯，我培育了几个高产品种。我是种庄稼的出身，不摸弄庄稼急得慌，刚好如今也有空闲，读了点农学书，就在公社院内的空地上做了点试验。只是眼下乱成这样，好品种也无法推广……

姁姁自始至终没有言语，只是默默坐在一张椅上，偶尔把目光朝怀宝一扫，又迅疾离开，临走时也只是朝廖老七点了点头。怀宝估计，姁姁是为当年双耿被撤的事生自己的气，唉，宽恕我吧。

怀宝这段日子过得倒是安稳，只是从县城传来的有关晋莓的消息令他心碎。最初的消息是晋莓成了造反副司令蒙辛的姘头，后来传说她当上了县毛泽东思想宣传队的队长，再后来又传说她同蒙辛结了婚。这每一个消息都如砍在他心上的刀，要他咬几天牙才能撑过去。

这段日子也恰恰是县城造反派组织对“走资派”批斗最积极最频繁最严厉的阶段，县委齐书记就是在这个阶段被批斗死的，消息传到怀宝耳中时，怀宝浑身陡起一层鸡皮疙瘩，一种由心底生出的后怕使他几夜没有睡熟。

这之后局面开始演变，造反派们开始内讧，并渐渐发展成了武斗，人们都在关心本组织能否在武斗中胜利，走资派慢慢被人们忘记。

一天夜里，沈鉴来看怀宝，见他正百无聊赖地翻看那些红卫兵小报，便说，你何不利用这个机会读书，以后万一有复出机会自会有用！怀宝觉着这话有理，反正闲也是闲着，何不找点书来读读，也许以后真有用处！在他的内心里，恢复职务重新掌权的愿望一直没丢。

怀宝自此开始读书，他读的书主要是两类：一类是历史上关于政治权力斗争方面的书，这是他从爹爹那些藏在夹壁墙里的旧书中找到的；一类是国内外研究政权更替规律执掌方法方面的书，这是他从沈鉴那里悄悄借来的。读第一类书，使他看到了历朝历代人为维护权力或夺取权力费尽了多少心机使用了多少计谋付出了多少血泪。读第二类书，让他明白了政权形式如何随着人类生产方式的发展而不断变化，懂得了权力执政者应具备的诸样条件。像这样比较系统仔细地读书在他还是第一次，他觉得自己对“政治”这个东西更有数了，对如何掌权更有底了，他渴望尽早返回政界一试。

7

怀宝的隐居生活一直持续到县革命委员会成立。革命委员会成立后不久开始解放一批干部，怀宝便也在其中。又过了些日子，县革委派人送来了一份通知，说已任命廖怀宝为新建的双河五七干校的副校长，如果身体康复就上任，未康复仍可在家休养。

怀宝读罢通知后心中热凉参半，热的是从今以后，自己也算革命干部而不属走资派，压在头上的那顶沉重帽子总算摘了；凉的是党只让当了个干校的副校长。双河原是柳镇公社辖区里的一个村庄，从一九五八年起专区在那里办了一个农场，现在兴办五七干校，这里又成了专区的五七干校，去这样一个地方有什么干头？

廖老七从怀宝手中接信看过之后，不声不响请来沈鉴，沈鉴一进屋就双拳抱起说道：恭喜恭喜！怀宝苦笑着摇头：有什么喜可恭？不过是去农场当个领工！

错，错，错！沈鉴急忙摆手，清瘦的脸上浮出肃穆之色，这个副校长的位置要用你们官场的术语来评价：叫看似“苦差”实是“肥缺”！

肥缺？怀宝一愣，他对沈鉴的判断越来越信服，所以心情一振。

是的！据我所知，在双河五七干校里的人，全是原苑阳专区苑阳地委的干部，这是一批重要的资源，你去那里工作，若能保护好他们，于国于己，都极有利！

哦？怀宝的眸子一旋，说下去。

你现在在社会上有没有体察到一种情绪？

啥？

不满！一种不满情绪正像瘟疫一样蔓延。这种不满存在于像你这样被打倒的干部和家庭成员身上；也存在于像我这样在政治运动中受到打击的人及其家庭成员身上；还存在于相当一部分学生出身的红卫兵身上，他们有一种被利用被愚弄的感觉；更存在于大部分的工人、农民身上，他们处于生活资料和生产资料的生产的第一线，知道生产已经萎缩到了什么程度，对穷困生活的体验也最真切，因此，他们当然也要生出不满。再就是知识分子，这批人一直处在不被信任的位置上，差不多每次运动，都是先拿他们开刀，因此不满在他们身上由来已久。还有，在党内高层领导中，由于林彪的背叛，一些干部对他用人政策的不满开始表现出来。所有这些不满，正在悄无声息地汇合扭集，变成一种躁动的社会情绪，这股躁动情绪是要在政界寻找允许其喷发的代表人物的，这些代表人物将选择合适的机会打开泄阀引导这股情绪喷发出来，从而来创造另一种局面……

怀宝浑身骤然一冷。

怕吗？沈鉴的眼机警地一瞪。

怀宝急忙摇头。

那一天一旦来临，那股不满情绪在政界的代表人物是要有所动作的！现在还很难预测那动作的具体内容，但有一点可以肯定：现存的局面必须根本改变！

怀宝的眼瞪得滚圆。

而要根本改变眼下的局面，首先需要有干部，现在台上的干部大部分不能完成这个任务，那就需要另一批干部，这另一批干部就是过去被打倒的那一批，就是现在双河五七干校劳动的那一批，包括你自己！你想想，假若你当副校长保护了这批干部……

怀宝没有再听下去，他的目光已透过墙壁，飘向十二里之外的双河，但愿沈鉴的这次判断仍然正确，命运，你已经折磨了我几年，你应该给我一个重要机会……

8

戴化章拄着铁锄喘一阵气，待喘息变匀，才去裤腰上摸出那个装了凉井水的玻璃酒瓶，拔了塞子，往口里倒了一阵凉水。心里觉得好受些了，他这才抬头去看太阳。太阳就要当顶了，可分给他锄的这亩玉米才锄有一半，他不敢再歇，完不成任务怕又要挨批斗，忙弯了腰挥起铁锄。太阳的温度是越发高了，仅仅几分钟之后，大串的汗珠便又从他消瘦多皱的脸上涌出。他没有停，也不敢再停。

戴化章做梦也没想到，身为副专员的他，有朝一日会被拉到柳镇双河干校锄地。锄地他倒不怕，自幼就干惯了活，尽管因为这些年有病身子虚弱，干一会儿就喘得接不上气，但干活他能忍受。他就是觉得委屈。我戴化章自参军到现在出生入死任劳任怨对共产党从无二心，为什么要对我这样？毛主席呀，你老人家究竟是怎么回事？

太阳的温度在继续升高，他再一次觉到了头有些晕，便停了锄，又去摸裤带上拴的那个玻璃瓶。他刚刚喝了一口凉水，背后突然传来一声冰冷的低喝：戴化章，你又在偷懒！

没，没。戴化章慌忙扭过头来，一看见是他们这个学员队的副队长，心立时一沉。

没？那副队长讪笑着走近前来，没有你怎么才锄到这里，嗬，你干活时还敢喝酒?！他边说边猛从戴化章的手中把那个玻璃瓶夺过，啪的一声摔碎到田埂上。不是，那不是酒！戴化章急忙辩解。你这个死不悔改的东西还敢犟嘴！他啪地打了戴化章一个耳光。脾气暴躁的戴化章双眼一下瞪大，将目光中的愤怒向对方砸去。你瞪什么眼？他扬手啪地又打一个耳光，戴化章被打得身子一晃倒在了地上。此时，几十米之外的田埂上，默默站着新任副校长廖怀宝，今天是他到任后的第一次田间巡查。他已经看出了那挨打者是谁，但并没有立刻赶过去劝止，他先是感到惊异，在他的印象中，戴化章一直是个威风凛凛的领导，可现在一个普通管理干部竟然可以随意打他的耳光。唉！我们每个人都有命定的劫数，戴化章，为了你曾经羞辱捆绑过别人，你也尝尝这耳光吧！

就在怀宝要抬脚向前走时，忽见戴化章摇摇晃晃地又从地上站起来，瞪了眼嘶声问：你为什么打人？我打你了，怎么着？那副队长双手叉腰站在那里嘲弄地反问。但他的话音未落，只见戴化章忽地抡起手中的铁锄，径向那副队长的腰部砸去。怀宝只听噗的一声闷响，那副队长便重重倒地滚了起来，怀宝被惊呆在原地，一刹那他又想起了戴化章当年挎枪出现在柳镇街上的威武形象。这当儿，跟随那副队长一块儿来的一直站在一旁看热闹的另外两个工作人员，已冲上去扭住了戴化章，边叫骂边在他身上乱擂。

怀宝快步上前高声喝问：怎么回事？那俩人闻声凶凶地扭过头来，待看清是新任的副校长，才大声解释：这家伙竟敢行凶打我们副队长！看我们揍死他。说着就又动起手来。这时围观的学员们只默默站一边看。戴化章早已被打得满嘴是血遍身是伤，但他执拗地站在那里并不求饶。怀宝冷冷地对那两个管理人员叫道：算了，现在打死他算是轻饶了他，把他带回校部，看我们怎么惩治他！那两人闻言住了手，悻悻地弯腰抬起仍在地上滚动呻吟的副队长，走了。

9

夜色将双河干校完全罩起的时候，怀宝手捏一个纸片，匆匆向临时关押戴化章的那间平房走去。门口负责看管的一个青年为他开了门，刚迈过门槛，墙角就响起一个喑哑愤怒的声音：要杀要剐快动手，老子活够了！

不杀也不剐，但要关你六个月禁闭！怀宝说着扬了扬手中的纸片，这是校领导的决定！

廖怀宝，看在我们曾经在一起工作过的面上，给我找点老鼠药来，我实在不想活了！戴化章的声音带了哀求。

想死？怀宝缓缓走到戴化章身边，猛将一个荷叶包放到了他的手上，好吧，给你！戴化章有些意外地打开那包，里边露出的是两个温热的馒头和切成片的酱牛肉。你？戴化章的嘴唇开始哆嗦。

吃吧，吃完了再说。怀宝在他面前慢慢蹲下身子，压低了声音责怪道：为什么只想到死？你要死了，那在苑城的嫂子和孩子们咋办？你怎么不替他们想想？

两滴浑黄的泪水，开始在戴化章的眼眶里晃动。

告诉你，关你禁闭的决定是我分别说服几个校干部作出的。怀宝的声音压得更低，你的身体不是有病么？我要你用这段时间把身子彻底养好！外边的这个看守是我特意挑的在咱柳镇长大的小伙，心眼儿不错，他从明天起会给你送吃的喝的，你每天吃饱喝足之后，就是休息。有外人来时，你要装出读语录反省检查的样子，后边的小院里可以散步、晒太阳，还可以听听广播节目什么的。怀宝说着，又从口袋中摸出一个袖珍收音机放到戴化章的手里。

怀宝——戴化章的声音里带了哽咽。

老领导，怀宝轻轻拍着他的肩膀，我是你带出来参加工作的，没有你，就没有我今天的一切，就让我用这个法子来对你做点报答吧！

几滴泪水从戴化章颊上滚下。

这苦日子也许不会很久，国家这么乱下去不行，早晚需要你们这些老干部……怀宝低低的劝慰渐渐变成了自语，他又想起了沈鉴的那些话，但愿他的那些话能够再应验，但愿起用老干部的那一天能够到来，但愿我的心机不是白费！

10

太阳正在缓缓西沉；风从远处正掰穗子的玉米地里刮来，带有一股微微的新粮的香味；几只鸟儿在暮空中上下翻飞嬉戏。

戴化章禁闭不过两个多月，他原本虚弱的身子已完全恢复正常，脸上已很有些红润，双腿走路再也不发软再也不觉无力。两个多月来，他得到了最好的照顾，中间虽开过几次批斗会，但廖怀宝每次都借口说他头晕怕出危险，使得批斗的时间很短。他吃的除了供应的那份之外，还有怀宝让人偷偷送来的各样东西。这一切都应该感激怀宝！没有他！说不定自己早被批斗死。感激老天爷让我在柳镇发现这个小伙！今天是我四十八岁生日，倘若此生还能重新工作，头一个任务就是要向上级推荐这个小伙……

咳！看守在门外发出了信号：有人来。他急忙走进室内，坐下摊开了那本毛选。门开了，从熟悉的脚步声中他辨出来者是怀宝，忙欢喜地站起。老领导，我记得今天是你的生日，对吧？怀宝笑微微地说。哦？你还记得这个？戴化章心里一阵感动。他哪里晓得，怀宝是从看守嘴里听说的，而那年轻看守又是从他的自语中知道的。你在这干校里还有哪些朋友？怀宝问得一本正经。朋友嘛，戴化章不知他问这何意，略一沉吟，说：老黄，就是地委的黄书记；老霍，就是地委的霍副书记；老艾，就是过去的专员……平日要好的就这么几个人！好，你稍等！怀宝听罢走出门去，径去校部见了校长，说他琢磨了一个斗臭戴化章的好法子，叫“禁闭室小型对揭会”，主要让他当初在台上的老搭档来当面揭批。校长点点头说好，怀宝便去给各大队打电话，通知当年的黄书记、霍副书记、艾专员、盖副专员和古部长速到戴化章的禁闭室去。不一会儿，五个干校学员便老老实实战战兢兢地来到了禁闭室门口，怀宝严肃地领他们走进屋去，屋内一灯如豆，五个人看见戴化章坐那里却都不敢随便开口招呼。戴化章乍看见几个老朋友一齐进屋也有些惊异，屋里出现了短暂静寂，怀宝就在这时低低地开了腔：今天是戴副专员的四十八岁生日，他很想邀你们这几个老朋友来喝一杯！我便用这个法子把你们请了来，来，拿住杯！怀宝从口袋中掏出几个小酒杯给每人手中递了一个，而后又从门外的暗处摸出一瓶葡萄酒给每人的杯中斟满。戴化章已从惊愕中醒了过来，此时低声呵呵一笑，说：感谢怀宝一番好意！含泪把怀宝如何设计救他、让他在此处疗养的事情说了一遍。众老友看看戴化章脸上的健康肤色，才知其中无诈，释了怀疑，才激动地相互碰杯喝酒。三杯酒喝罢斟第四杯时，怀宝说：刚才那三杯是你们为祝贺戴副专员生日喝的。这第四杯，是我这个下级敬你们这些老领导的！你们过去是我的上级，现在还是我的领导，从今往后，只要我廖怀宝在干校干一天，我就要想法让你们少受一天折磨，你们如果生活中有了什么困难，只需巧妙地告诉我一声就行，我会尽力办！同时请你们放心，即使一旦出了什么差错，我廖怀宝一人承担，决不会让你们受什么连累！来，喝！请接受一个下级和部属的一点敬意！长期遭受呵斥、批斗、打骂、侮辱的这些当年的领导者，都被这番饱含感情充满敬意和热爱的话语搅得心里发酸，一时间每人眼中都有泪光在闪，几只酒杯当啷一碰，酒液便和着感激和激动咽下肚去……

11

气候转变的征兆到底来了，一个阳光灿烂的上午，艾专员接到了省革委命令，要他立即赶到苑城任生产指挥部的副指挥长。几个朋友在戴化章那里为老艾送行，大伙希望怀宝也去参加。怀宝心里生出了兴奋，老艾的复职是不是一种信息？一种要起用老干部的标志？不管怎么着，老艾复职了，这是自己投资的第一笔收获！几年来，怀宝不仅保护了戴化章，还以照顾病人为由把地委黄书记的爱人从另一个农场调到了这里，让他们夫妻得以团聚；他把霍副书记的两个孩子安排在柳镇的工厂里当了工人；用巧妙的办法推荐艾专员的女儿上了大学……

他把这一切都视为投资！自然，政治投资和商业投资一样，也要冒风险，也正由于此，他获得的感激也就越大。艾专员当了副指挥长，这是一个好兆头！

快来，喝三杯！戴化章、艾专员几个人亲热地围上来，把酒杯捧到了怀宝面前。艾专员激动地握住他一只手，声音颤颤地叫：怀宝，没有你的照顾，我这把骨头许已埋到这双河干校了，从今往后我们就是最亲密的朋友，我回苑城后，你若在生活上需要什么，尽管开口！

怀宝轻轻地摇着头，微笑着说：我什么都不需要，只希望你保重身体！而他心里却在叫：我别的回报都不要，我只要一个满意的职务，我是在仕途上跌倒的，我还要在那里爬起来！

12

哀乐是清晨开始在柳镇街上的大喇叭里响起来的。廖老七一开始并没辨出那音乐的性质，走到门外时他听出了这音乐的异样，如咽似泣，他有些惊异：出了什么事？随即，他从喇叭里听到了那个消息，他那浑黄而机警的眼珠一个惊跳：他死了？

那个曾经给他这个贫苦之家带来过幸福的人死了？他缓缓地走回到住屋，朝着墙上那个庄严的画像，扑通跪下了双膝，呜咽着叫了一句：你老人家不该现在就走，我儿子还在干校里，正等你——

他蓦地记起了沈鉴的那些话，心中打了个寒噤：莫非这同时也是一个机会？会发生什么事吗，会再出现那么一个人，再给我廖家带来福气？他慌忙又向那画像作了一个揖，口中喃喃道：求你老人家原谅我的不恭之想，我实在是替我的儿子着急……

廖老七的祈祷有了回音。调怀宝去地区报到的电话很快来了。

自从那显赫的四个人被批之后，怀宝心里就断定，自己的生活就要有一个变化了！两个月前，戴化章随最后一批老干部返城工作之后，他心中对这一天的到来更有把握！

干校的校长似乎也从这则通知中感受到了什么，今天早晨执意要给他派一辆吉普车送行。会是一个什么消息在等着我？恢复原职？外调别县任职？上调专署、地委当局长、部长？

车在他的七思八想中驰进苑城。他有些不安地走进地委办公室，那值班员听完他的自我介绍后便很客气地告诉他：黄书记和戴专员正在等你，请跟我来！怀宝尽量放轻脚步跟在那人的后边，他忽然莫名其妙地想起曾经在一本书上看到的一句话：有时一个人的命运在几分钟内就可以决定，历史在决定人的命运时通常很吝惜时间！

一间办公室的门开了，黄书记和戴化章几乎同时看见他又同时起身含笑向他走来。怀宝，你知道，“文化大革命”结束了，积重难返，百废待兴，我们的民族已到了危亡的边缘，人民迫切希望我们党扭转局面，党需要经过考验的干部……黄书记一字一顿地庄严说道。怀宝眼一眨不眨地盯住他的双唇，恨不得钻进他的嘴里把他后面要说的结果看个明白。

考虑到你在“文化大革命”中的表现和你的工作能力及水平，地委决定调你来地区任常务副专员……

怀宝的心脏先是骤然一停随即又猛地加速跳动，他用了全身的力量才算把心底涌出来的那股狂喜压下去，平静地表示了态度：我很感谢组织上和老领导们对我的信任，只是我担心自己水平太差，难以胜任！

我们相信你会干好的！好了，先不说这些，走，去老戴家，今天中午他请客，我们边吃边聊。

这……

走吧！一直微笑着坐在一边的戴化章用拳头捶了一下他的肩膀，你在干校照顾了我们几年，今天中午，该我们照顾一下你了！今日你不喝醉就休想离开！

走出办公楼时怀宝才第一次注意到，今日的天蓝得纯净彻底，连楼前的几棵榆树看上去也分外美丽……

13

在橙州县委招待所吃罢晚饭，怀宝说他想去看个亲戚，避开了随行的几个干部，径向县府家属区那个熟悉的小院走去。他这次带着地委工作组到橙州，任务是了解揭批查情况和领导班子建设状况，下午一进城，生出的第一个愿望就是去看看晋莓和女儿，十年没见了，现在的晴儿该已经长成一个很高的姑娘了吧？

县城比以往干净多了，但街两边的房屋墙上，偶尔还可以看到漆写的标语：橙州县委要向无产阶级革命派交出权力……怀宝无声地笑笑，权力真是一个极好的东西，人创造出它实在是一桩很大的功绩，它转瞬间可以使人步入天堂，也可以转瞬间使人沉入渊底！怀宝边走边漫无边际断断续续地遐想着。他戴着一副墨镜，不想在这种非正式的场合让人认出。明天，县里要召开干部大会，他要在会上讲话，那时，人们会向他鼓掌欢呼的。

他心情轻松地敲了敲门，晋莓把门打开时问了一句：你找谁？他笑了笑，没应声，直盯了她的脸看，她那张早先漂亮的面孔已经有了衰老的痕迹，眼中也少了神采。晋莓这时才认出了来人是谁，惊得“哦”了一声。

一个面色颓唐的男人正仰在沙发上吸烟，怀宝估计这就是那个蒙辛。杂种，爷们儿来看你的下场了！他冷冷地盯了对方一眼。那蒙辛一怔！接着呼地一下跳起来叫：是老县长，哦不，是廖副专员来了，快坐！

怀宝稳稳地在沙发上坐了，微笑着环视这房间里的东西，他看见了那张宽大的床，一股尖锐的疼痛立时从心区那儿传出来——他仿佛已经看见赤身的蒙辛和晋莓在那床上滚动……

晴儿在家吗？为了抑制心中的疼痛，他转身问晋莓。

她已经上了中学，住在学校里。晋莓的话音很冷漠。

廖副专员，我想知道组织上对我如何处理？蒙辛这当儿一边恭敬地给怀宝递烟一边问。

这个嘛——怀宝故意拉长了声调，他注意到蒙辛的脸上现出了紧张。关起来是一种，回原单位劳动改造是一种，开除公职后遣去山区也是一种，就看问题的性质和你的态度！

我在运动中是真心想做一个无产阶级革命战士的，我希望能够……蒙辛的话里带了哭音。

要相信组织！怀宝打了一句官腔便站起了身，现在应该走了，去学校看看晴儿，这个屋子已经没有什么看头和想头了。

晋莓和蒙辛送他到了院门外，蒙辛停步的时候晋莓还跟在他身边走。怀宝听着晋莓的脚步声，心中暗暗揣测：她要说点什么？要求复婚？关于晴儿的抚养费？为蒙辛求情……终于，她停了脚步，声音平静地问：廖怀宝，你的脊椎不是断了吗？

噢，是……当然……后来治好了。他没料到她会忽然问起这个问题。

呵呵呵……晋莓笑了，笑声出奇的冷。我在想，你什么时候才能对人说句真话呢？

你这话什么意思？

你的脊椎从来就没受伤！晋莓的眼一下子瞪了起来，脸上现出了仇恨。

谁……谁说的？怀宝有些慌。

一个女人！

女人？哪个女人？

一个很了解你的女人，我的姁姁姐姐！怎么样，吃惊了？晋莓把嘴角高高斜起。过去，我很少听说过一个男人会把自己的妻子朝别的男人怀里推；后来，我总算见识了！晋莓咬着牙说。你别误会——我误会什么？我只想告诉你一句：你干的这个行当有点像我们演戏，有上台也有下台！晋莓说罢，猛然转身走了。

怀宝被惊呆在那里……

七

1

怀宝在常务副专员的位置上很快就熟练地干了起来。上级来了文件，自己加几句“此件很重要现转发你们”等，马上转发下去；上级来了电话指示，立刻再用电话通知到各县市；去上边开了会，回来再照样开个会贯彻下去，并不要费多少脑筋。此外，怀宝还注意抓住两条：一是吃透戴专员的心思，他已经越来越意识到戴专员对自己的重要，自己的每一次提升，都是因为他的提议。自己工作的好坏，应该以戴专员是否满意高兴为标准，他不满意高兴，你做得再多也是白搭。二是抓好宣传，怀宝和省各新闻单位驻地区的记者们以及地区的报纸、电台、电视台的记者们关系都处得很好，这样就保证了自己做出的任何一点成绩甚至一个举措，都能随时宣传出去。你的工作成绩再大，不宣传出去不让上级领导知道不也是白干？

怀宝如今的生活条件也变得越来越好。他一人住一套三室两厅的单元房，煤气、暖气、电话、太阳能热水器样样都有，白天出门有车，晚上娱乐有电影、豫剧。吃饭更不成问题，上边省里来人指导工作，周围地、市来人办事，办公室要招待，他是单身，刚好作陪。每当他在宾馆里那漂亮的旋转餐桌前坐定，看着满桌的山珍海味，接过女服务员递来的喷香的热毛巾去擦脸时，他差不多都要想起过去和爹爹一起，在柳镇邮局门口摆一个破旧的条桌代人写信的情景。他十分喜欢追忆往事，为的是好跟眼下的安逸加以对比，这样越比就越觉得舒心幸福。

一年多以后，他把父亲用丰田轿车接来同住。他原也打算把晴儿接来的，但晴儿执意不来。接父亲那天，父亲感叹地说：过去的知府大人，至多是坐八个人抬的轿……

日子多好啊！

当然，有时候，他也感到了孤寂，那是他在忙完一天工作回到家舍的时候，那时他会不由自主地想到女人，一种隐秘的对女性的渴望会从心中生出。工作中他接触到的女人很多，他知道如今找个女人成家很容易，但他也认识到这可能是自己的最后一次婚姻，在处理时必须凭理智而不能凭感情，这次婚姻必须有利于自己在政界的发展而不是相反。

机关里不断地有人来给他介绍对象，其中只有两个引起了他的重视：一个是宣传部新闻科一个搞新闻的姑娘，工农兵大学生，人长得和晋莓当年一样漂亮，而且文章写得好，名字不时在报上出现，这样的姑娘结婚后会是工作上的一个好帮手；另外一个是计划生育办公室的一位科长，是个没有孩子的年轻寡妇，也才二十八岁，相貌比新闻科的那位姑娘要略逊一筹，但她有一个哥哥在给省里一位书记当秘书，这一点让怀宝不能不重视。怀宝知道在今天的政治生活中秘书是无冕之王，领导人的决策很多都要依赖秘书，秘书对一个人有了恶感，这个人的提升命令就很难在领导人那里通过；秘书对一个人有了好感，那个人提升时就比较容易。戴化章年纪已大，离退休已经不远，自己应该预先再找一个靠山。省委书记的秘书不能小看。

对于这两个女人，怀宝在感情上更愿要第一个，又漂亮又是黄花姑娘，总比一个寡妇有味；但在理智上他又倾向于第二个，毕竟前途重要。如果靠她哥哥的帮助能在政界再有一番发展，再登几个台阶，那咱这一生也算辉煌了。其实人生就是一个登台阶的过程。一个人不论他从事什么职业，都有一长溜台阶等着他去登。你做工，就要顺着一级工、二级工、三级工这些台阶登；你教学，就要顺着助教、讲师、副教授、教授这些台阶登……没有人不需要登台阶，你就是什么也不干，仅仅做女人，你要顺着女儿、妈妈、奶奶、祖奶奶这些台阶登。既然登台阶对人不可避免，而且谁登得高谁就受尊敬，那就不能责怪人们为寻找登台阶的工具所做的努力。我此生从了政，政界的台阶又特别难登，我为此去寻找一根助登的拐杖不能说是不光明！

怀宝思虑来思虑去，最后还是理智占了上风，决定要第二个，也就是那个寡妇！

因为是再婚，怀宝不想把结婚仪式弄得很张扬，况且他知道这种事太张扬了容易引起人们反感，会损害自己的威信。喜酒只办了一桌，除了媒人和岳父岳母之外，他只请了戴化章夫妇两个。

新娘的名字很好听，叫夏小雨。不过办起事来可不像下小雨那样悠悠缓缓，而是风风火火泼泼辣辣。新婚之夜，小雨乒乒乓乓打开她带来的两口皮箱，把三种规格的男用避孕套和两种型号的女用避孕膜以及说明书都啪啪扔到怀宝的面前说：你愿用哪一种你自己挑，你不想避了让我避也行，反正咱不能一上来就要孩子，我还想过几天快活日子！这种非常坦率的举动和话语令怀宝一惊，不过他也只能笑笑说：我来用吧。

新婚之夜过得倒是很尽兴，小雨不愧是在计划生育办公室工作，对做这种事懂得很多，一切都是她来引导，怀宝失去了当初同絢絢、晋莓做这事时的那种主动权，快活倒是快活，他总感到少了一种味道……

2

婚后不久，怀宝便催妻子小雨领他去省里拜见她那位秘书哥哥，小雨也想把自己的新丈夫领去让哥哥看看，两个人便很快动身了。

小雨的那位秘书哥哥显然很高兴妹妹又成了家，很满意妹夫的长相、谈吐和身份，对怀宝很亲热。怀宝和这位秘书虽然年龄不相上下，但他每逢开口必先叫哥，叫得那位秘书很舒服，两人谈得很投机。当怀宝把话题扯到政界扯到下边的人才上边很难发现时，秘书哥哥笑笑说：不要操那些心，你先在下边好好干，以后自会有人发现你。这句允诺让怀宝心里很熨帖很快活，以致当晚睡觉时又搂住小雨亲热了好久，心上觉得要了小雨这个小寡妇还真是值当。

怀宝和小雨临离开省城和秘书哥哥告别时，秘书哥哥又透露了两条消息：一是今后用干部，要看他能不能坚持改革开放并在改革开放中做出实绩；二是苑城地区要撤区改市，苑城变为省辖市后，戴化章可能要来省里工作。

怀宝和秘书哥哥握别后上了火车，在车轮的铿锵声中，他一直在思索着这两条消息。看来，自己也必须赶快行动起来，尽速在改革中亮出几手，自己前一段时间一直担心改革开放的政策会变，犹犹豫豫不动手，甚至跟着别人喊了几句发展市场经济是搞资本主义，如今看这是失策！既然改革的风刮大了，你就不能不动，否则风头就会让别人出了，好处就会让别人占去。可是怎么改革？改革什么？作为副专员，改革哪一点才能迅速引起众人注目引起舆论关注引起领导重视？精简行署的机构？这是个敏感问题，倒是容易引起上边注意，但这里边会有风险，不，不能改这个。那么就先抓引进人才？这桩事倒可以办，用优厚的条件引进外地的人才！凡来苑城工作的各类科技人员，除安排住房安置子女入学就业外，外加五万元安家费。这是一件保险的事，被引进的人才都会感激自己。而且五万元这个数字也会使新闻界感兴趣，这件事自己一抓就会上报纸……

苑城改成省辖市后戴专员上调，这对自己又是一个机会，自己是常务副专员，如果在引进人才这项改革中有了成绩和声誉，加上戴专员的举荐，再有姻兄在上边的活动，未来的苑城市市长应该是自己的！

火车正把两边的田野快速地向后扯去，怀宝望着车前方一块迅速移近的开满金黄色花朵的油菜田，强抑住心中的快活想：在前方等待我的，一定也是这金黄色的东西。倘是这一个目标实现，爹定会更高兴，便会说省辖市的市长相当于过去的巡抚或道台。道台大人！他倏然间想起豫剧舞台上的这个称呼。哈哈哈……

怀宝无声地笑了。

一直坐在旁边望着窗外景色的小雨，看见丈夫笑得开心，以为是车窗外的美景感染了他，便也欢喜地说：这景色多美啊！

多美啊！怀宝顺口接了一句，但他很快又沉浸在自己的思索里……

火车正飞也似的向前奔去……

瓦　解

当夜色再一次踱进空旷的万家小院后，退休的统计员万正德又呆坐在了那棵年岁已高的槐树下，一边抱着那把壶嘴缺了一角的汝瓷茶壶喝茶，一边去回想事情的起点。一双老眼望向渺远的夜空，模样极像是在统计星星的数目；不时地，还会让含混的自言自语苍蝇一样地在嘴角盘旋。

他渐渐认定事情的起点是那个黄昏——在那个到处飘满槐花香气大群蜂上下翻飞的黄昏，他听见女儿万芹脆笑着在院门外和一个男人说话。

谁？那是谁？他记得当万芹进屋时他放下手中的茶壶，顺口问了一句——东街古家的老二古峪，刚分到税局上班，你说他一个学计算机的大学生到税局干什么？这好像就是万芹那天的回答。从这声回答里你能看出什么？什么也看不出！所以那天老万就没在意，也没再去接女儿的话头，而是继续端起茶壶，去喝那壶用新摘的信阳毛尖沧出的茶水。

这就是起点。

可当时谁能料到这是起点？你？

接下来就到了那个正午。那是一个在仲春时节暖和得有点过分的正午，以至于老万在往饭桌前坐时把身上的背心都脱了。午饭老伴下的是手擀面条，万芹又用蒜臼砸出了蒜汁，香油蒜汁浇面条是老万最爱吃的饭食。也就在他挑起面条往嘴里送第一筷时，万芹笑着说：爸，妈，我和秦进已经不再谈了。啥？他记得他当时一愣，把筷子上的面条又扔进了碗里——秦进是万芹已经谈了近一年的对象，那小伙子给老万的印象不错。谈得好好的怎么忽然就——他看定女儿，分明是在要解释。

他给我的感觉不如另一个人给我的感觉好！万芹依旧笑着说。

另一个人是谁？老伴接了口问。

古峪，东街的。

啥叫感觉？万正德咕哝了一句，语气里透出了不高兴。他记起儿子当初也总用这个词。儿子前年二十五岁时和一个三十七岁的离过婚的女人好上之后，也是这样说的：爸，她给我的感觉好！好，好你妈那个腿！好的结果是让街邻们都知道了万家的儿子找上了一个让人睡过的、生养过一个女儿的中年女人。好像万家人就再也找不着好媳妇了，只能要别人不要的货了，丢人哪，我们老万家……

爸，这种感觉是心理感觉，和我们吃饭时舌头对食物的感觉有那么一点点相似……

他瞪了一眼女儿。万芹已经用这个借口回绝三个人了。前两个是他和老伴托人为她介绍的，秦进是第三个。这个可是她自己选的，结果又是感觉不好。感觉算个什么东西？他挑起面条往口中送时，感觉到食欲跑走了不少。

爸，如果一个男子给我的感觉不令我满意，我怎么能下决心跟他一起生活几十年时间直到我老死？

好吧，好吧。他不想和女儿争下去。女儿中文系毕业后在广播电台当记者，口才早练出来了，说什么都是一套一套的。再说，在县政府当了几十年统计员的老万也知道，如今男女在谈恋爱期间中断关系也算是正常的事情。他内心里也希望女儿找一个称心如意的对象。他就这一个宝贝女儿，自从儿子被他赶出门后，女儿更成了他心尖尖上的肉。在她的婚姻大事上是不能马虎的。

你刚才说的这个人叫啥名字？他再扭头问女儿时心情已有些好起来。

古峪。古代的古，嘉峪关的峪。

古峪。他就是在这个正午记牢了这个名字的。

正式看到女儿万芹和古峪在一起是在一个薄云轻飘的夜晚。晚上天已经开始正式热了。老万看了一阵电视后出门散步纳凉，快走到云龙舞厅门口时忽然看见有一对男女在街边的灯光下公开亲嘴，他心里刚想骂一句："不成体统!"猛地认出那女的竟是万芹，惊得他忙闪到街边的树影里，脸和脖子顷刻间火烧火燎起来。疯丫头！那男的肯定就是古峪了。他本来不愿再看，可到底还是没能把目光管住，这一眼看过去他气得差一点吼起来——那古峪竟在街边把手伸进了万芹的衬衣里，分明是攥住了万芹的乳房。好一对不懂规矩的东西！这是在大街边边上呵，让人看见那还得了？你们不怕丢人可我的脸往哪放？老万再也无心散步纳凉，怒冲冲扭头往家走。老伴那晚正在灯下做针线活，他进屋就把老伴的针线筐踢飞了。咋了，你？老伴当时慌慌地问。可他那阵子能说什么？不过是狠狠地长叹一口气。

万芹后来是哼着歌儿走进院子的。老万听见女儿的歌声气得咳了一声。他没法公开对女儿说什么，你能说你看见了？

嗨!

万芹，你这样疯在过去可是要挨打的！我的姑姑也就是你的姑奶奶万枝柳，当年出嫁后，和丈夫在回娘家的路上亲嘴不避人，让别人看见传到了你祖爷耳里。你祖爷立时令人把他两个叫来，骂他们有伤风化，命他们两个互相掌嘴，直掌得两个人的脸蛋子都肿得两寸来高。你呢？你和古峪连订婚仪式都还没办哩，就在街边边上那样子做？成什么样子？

万芹领着古峪来家吃饭是在两个月之后。那天晚上老伴熬的是绿豆稀饭，蒸的韭菜包子，她事先并没听万芹说古峪要来吃晚饭，所以只照平日的习惯，炒了一盘萝卜丝。老伴估摸到了万芹下班的时间，就把饭菜端上了桌。老万那天有些饿，见饭菜既已上桌，就抓过一个包子先吃了。未料这时万芹领着古峪进来，万芹进屋就喊：妈，饭好了没？古峪来混饭吃，赏他一碗吧！那当儿老伴慌得一连声地说：你看你看，叫人家古峪来吃饭，也不早告诉我，我也好多炒几个菜呀！你们先等等，我这再去炒！老万自己弄得也很不好意思，只好一边嚼着包子一边让古峪：快坐，快坐！倒是万芹像没事一样地拉住她妈说：妈，还炒啥菜呀，这就够了，古峪又不是什么贵客，有啥吃啥呗！说着，就递一个包子到古峪手中，命令道：开吃吧，先生！

吃饭时老万注意地看了几遍这个就要当万家女婿的小伙。这小伙给他的感觉不错，身个、貌相、衣着都让人看着顺眼，而且说话给人一种诚挚的印象。他有点佩服女儿的眼力，挑上这个人是不错。大约是心里高兴，老万就提议和古峪喝几杯酒。可能是喝到第四杯的时候，古峪说了一句：爸爸，你的酒量还行！这一声爸爸喊得老万心里好舒服。他正想找话夸这小伙几句，未料万芹笑着叫道：咋，可叫开爸爸了？也没有问问我同不同意？这爸爸可不是乱叫的！结果弄得古峪脸一片赤红，使得老万也很尴尬。你看看这个丫头，真是一点事儿也不懂！老万记得他抽冷子瞪了女儿一眼，可万芹只管笑，笑得一脸灿烂。

日子又过了多少才到了那个流产的订婚仪式？

眼见得万芹、古峪两个人已经形影不离，老万就想已到了该办一个订婚仪式的时候了。于是在一个星期六的早晨便交代老伴：去街上买些鸡、鸭、鱼、肉回来，该蒸的蒸，该炸的炸，预备星期天办一桌酒席，把万芹的姑姑、姑夫和舅舅、舅母都请来，给万芹办一个正式的订婚仪式。老伴听后说：这事你得先和万芹商量商量，看她同不同意办。老万听后就瞪一眼女人：这还商量什么？没见他俩已经好得像一个人了？办！老伴见状只好依言去办，提了篮子去街市上采买。

未料事情还真遇到了麻烦，那天万芹回来吃晚饭时老万兴冲冲地说了自己的打算，他原以为女儿会感激地笑笑说就依你们的意见办吧。不想万芹一听就站了起来叫：这谁的主意？搞什么订婚仪式？第一，这太俗！第二，我和古峪目前只是彼此感觉不错，离说到婚姻还有十万八千里再加一万里！

老万被女儿叫得一怔一愣。等他从愣怔中醒过来预备说话时，女儿早扔下筷子跑出去了。看你，让我买了这么多的肉和菜，花了这么多的钱！老伴不失时机地埋怨起来。老万这才开始发火，冲着老伴叫：花钱买了菜你不会做了咱自己吃？难道会扔了喂狗不成？你脑筋怎会死成这样?！老伴听后只回了一句：自己错了还不认账！这一句把他肚里的火煽得更旺，使得他站在那儿吼起来了：谁错了？我好心好意的倒错了，你个什么事也不操心的女人倒对了?！……那晚上是他为万芹和古峪的事第一次发火，当然，当时他并不知道这该算做第一次。

结果从第二天起，万家人就开始吃那些鸡鸭鱼肉，一连几天才算勉强吃完。老万吃得又没胃口又心疼：老天，咱这样的工资收入，竟敢一天三顿吃鱼吃肉？

那个雪花纷扬的夜晚是在订婚仪式流产之后来的。

古峪那晚是踏着雪走进万家小院的。

他来得有些晚，他来时老万和老伴已经预备要上床睡觉了。天冷，钻进被窝倒暖和些。

他显然和万芹预先有约，他径直走进万芹住的厢房。老万听见万芹在欢笑着和古峪说话。

万家一共是五间平房：两间正房、两间厢房和一间厨房。两间正房一间做客厅一间做老万和老伴的卧室；两间厢房早先是儿子、女儿各住一间，自儿子被老万赶出门住到比他大十二岁的妻子家以后，两间厢房便统归万芹住了。

老万上了床但没有立刻躺下就睡，而是拥被而坐在灯下胡乱地翻着报纸，他想待古峪一会儿走后去关好院门——万芹一向做事马马虎虎，万一她插不好院门的门闩遭了贼偷可就麻烦。

他一边翻着报纸一边注意倾听着女儿屋里的动静，他期望古峪有话赶紧对万芹说完，然后就走。这样的下雪天，他不应该待得太晚。

厢房里的话音在逐渐降低，老万估计古峪这是要走了，但是忽然之间，厢房里的电灯熄了，而老万却没有听见拉门开门的声音。

古峪没走怎么灯竟熄了？老万一怔的同时立刻着慌起来，急忙用脚把躺进了被窝的老伴踹了几下：快，你赶紧去喊万芹出来！

这个时候喊万芹出来干啥？老伴没有听明白。

傻东西！古峪没走，可他们把灯拉灭了，要是他们做出了啥子事，我们万家的名声不就完了?!

老伴这时才听出缘由，才起身去穿衣裳。老万嫌老伴动作太慢，怕事情不可收拾，就隔了窗户朝厢房里喊：万芹，你来一下！

好一阵才传出万芹不高兴的声音：爸，干什么？

你过来一下！老万的声音里浸了火气和慌张。与此同时他也急忙下床来到了外间。

万芹满腔不高兴地来到了正屋，可厢房里的灯一直没亮。老万注意地审视了一下女儿，看她还衣扣整齐，这才有些放下心来。放低了声音问：天这么晚了古峪还没走？

爸，你管得太细了！

细一点好，古峪人没走，咋把灯都拉了？老伴这当儿接了口。

少见多怪！万芹不满地瞥了一眼爸妈，扭身就往厢房走。边走边喊：古峪，你走吧，人家在催你哩！

嗨，这丫头，咋这样说话？老万尴尬地和老伴对视一眼。

大约是片刻之后，古峪慌慌地走出厢房，朝站在正屋里的老万和老伴说一句：伯父、伯母再见，就逃也似的跑出了院门。

万芹，幸亏你爷爷死了，要是他活着看见那晚上的事，会有一顿好骂和苦打在等着你的！想当初我的姐姐也就是你的姑姑和你姑夫好上之后，有一天她把他叫来自己屋里待了有顿饭时辰，那还是个夏天的午后，而且两人还行过了订婚仪式。你爷爷就这还觉着你姑姑违了闺规。当即命人把你姑夫赶走，而后又让你姑姑跪在两个瓦片上，一边用鞋底扇着她的脸一边逼问她是不是已经婚前失身。你姑姑一边否认一边哭着反问：既是已经订婚了，为啥还要这样打人？你爷爷说：该是新婚之夜做的事，提前一天也是违犯闺规！也是败坏万家声誉！爸爸那晚上既没打你也没骂你，爸爸还不够开通？……

这之后就到了那个雨声淅沥的晚上。那天晚上闭路电视里播出豫剧古装戏《西厢记》，老万和老伴看得都很有兴味。老万尤其爱看古装戏，古代的男女在舞台上谈情说爱的方式很让他满意：双方只说一些含而不露的双关语，大不了彼此拉一下手而已。哪像如今，两个人只要一谈起爱来就在公园里公开亲嘴，还有什么庄重？

那出古装戏落幕时老两口才想起去看墙上的挂钟：嗬，快十二点了！可万芹怎么还不回来？这丫头平日即使出去跳舞唱歌也都是在十二点之前回家。两个人一边进行睡前的洗洗涮涮一边等着女儿，眼见得已过了十二点半还没听见万芹敲门的声音。老伴先急了，就催他去女儿的单位里看看：莫不是她加班晚了，见天又下着雨不敢回来？老万于是就拿了两把伞走出门去。女儿是他的心肝宝贝，老伴不催他也要去接女儿的。可单位里哪有人？门卫老头说今晚上压根就没见万芹进院门。老万边听着雨点击伞的声音边在心里断定：万芹很可能在古峪家里。可这样晚了还不知道回家，有多少话不会明天再说？

老万冒雨赶到古峪家时意外地一愣，古峪家的所有窗户都黑着灯，都睡了？这么说万芹也不在这儿？他很想敲门问问，后来又觉得有些不合时宜，一个当父亲的这个时候来问人家自己的女儿在不在这里有些难以出口。

他一个人提着两把伞进了家门后老伴愈发着急，说：还只有问古峪方能知道万芹的去处，他两个整日在一起，他会知道她的行踪的。这个时候要赶紧找，一个姑娘家半夜三更的太容易出事！老伴边说边拿过伞去，迈出门槛时回头交代：我去问问古峪！

老万没有拦她，他也觉得确实需要问问，而且由老伴去问也合乎情理。他这时心里多少有些发慌，他知道他的女儿长得漂亮，一个漂亮的姑娘在夜晚的街上很容易出事，莫不是在街角碰到了什么歹人？一些恐怖的幻影开始在他的眼前不停地闪现，他感觉到他的身上出了一层冷汗。

听到老伴的脚步声时他急忙迎到院里，声音里浸满了迫不及待：问清了？他没想到老伴的回答是那样慢条斯理，老伴一边收伞一边说：睡吧。

没弄清人在哪里我能睡得下吗？他朝老伴低叫了一句，他对老伴的慢慢腾腾很不满意。

她在那儿。老伴边说边朝他们那个朱漆剥落的大床走去。

在哪儿？他仍然没听明白。

在古峪家。

不可能！他坚决地摇了摇头。我刚才去时人家全家人都已经睡了，灯也都熄——他话到此处突然噤了口，他猛然意识到了什么，吃惊地瞪大眼睛望着老伴：你是说万芹在他家睡？

她说她今晚就睡在那儿了。老伴的目光好像也没处放了。

老万的第一个反应是往后猛跳了一下，模样极像是突然看见了脚前有一条蛇，而且那条蛇的头正朝他抬着。怎么……怎么可以这样？……并没有结婚呀！……他叹息了一声抱住了头。

也许……也许他们是分开……睡的……老伴嗫嚅着，声音的四周都裹满了小心翼翼。

可是——你必须问清！你明天早晨必须问清她，他们是不是分开睡的……老天哪，这要是让外人知道……

老万那天晚上几乎一夜没有合眼，只要一合眼，一些想象的让他羞得无地自容的有关女儿和古峪的场景就来到了眼前。他只有睁眼看着黑夜一点一点走远……

万芹是早饭前回来的。老万原以为女儿进门以后会满面含羞地做番解释，未料她仍像什么事也没发生一样迈过门槛就叫：妈，饭好了没？我可是快要饿死了！那一刻，老万气得差一点要吼：饿死你才好哩！但他强忍下心中的怒气，只转过身子示意老伴赶紧问清情况。

老伴把女儿唤进厨房的时候，老万假装寻找墙上的钉子贴近了厨房门框，紧张地偷听里边的对话：

——昨夜里咋不回来睡，让你爸和我操心？

——见天下雨了，我怕淋湿衣裳，就在古峪那里住下了。

——咋住的？

——那还能咋住？往床上一躺不就得了?!

——我是说你和古峪是不是睡在……

——妈，你需要了解得那么清吗？

——只是……你爸不放心。

——这事情对你们很重要么？

——自然哩，这关乎你一生的大事。

——妈，什么是关乎我一生的大事我明白！

——你明白个啥？你说清楚你们俩昨夜里究竟是……

——好，妈既然想问清，那我就告诉你，我和古峪昨晚是睡在一起的。

——老天爷呀，这咋能行？

——这咋不能行？

——你们还没结婚！

——我正是为了考虑结婚才和他这样做的！妈，你想，要是他那方面有病——

放屁！老万就是在这当儿踹开厨房门朝女儿吼的。他感觉到自己的身子因为羞辱和恼怒在不停地哆嗦。

万芹在一瞬间的惊愣之后脸冷了下来。爸，你说话应该文明点！

你做的事就文明了？老万知道自己的十个指头都在打战。

我做的怎么不文明了？

老万的嘴张了张却终于没说出什么来，在这一刹那他意识到自己是老了，要不然不会反应这么慢，竟找不出一句恰当的话回给女儿，以致让她以为他张口结舌了……

万芹，你晓得爸爸那天早上心里想的啥吗？爸爸只觉得无地自容，爸爸想钻到一条地缝里去再不让别人看见。爸爸还想打自己的脸！而且真打了。在你去上班之后，我面朝墙壁打了自己三个耳光。你万正德怎么会养出了这样一个不听话的女儿？老万家怎么会出了这样的事情？……

老万就是从这天起决定不和女儿说话。一进屋就冷个脸子，他想借此让女儿明白，他对她那样做非常不满意。未料万芹全不在意爸爸的冷落，依旧笑声脆脆地进进出出，不时地还哼着欢快的歌儿，偶尔还会倚在妈妈怀里疯笑一阵。看着母女俩在那里说笑，老万越加生气。那天万芹上班走了之后，他朝老伴翻着白眼训斥：你还跟她笑？还要把她惯成什么样？老伴当时不高兴地回口：那你说咋办，让我哭？儿子让你赶走了，家里就剩三个人，你不说话，再不让俺娘俩说话，那这还像个家吗？

老万当时气鼓鼓地哼了一声。

其实老万自定的不说话政策并没坚持多久，也就半个月吧。半个月后的那天晚饭时，万芹朝他碗里不停地夹菜，眼看一盘子肉丝让老万自己吃了一半，他忍不住开口说：你也吃嘛，多吃肉身子才能长壮哩！他话一落地，女儿就拍手笑了：爸爸终于开了金口！他当时也不好意思地笑了，没有办法，他太爱他的女儿了，她不吃肉怎么能行？

这之后家里的气氛开始缓和。这是第一次缓和。

但这次缓和并没持续多久。缓和被破坏是因为那次拟议中的谈话。

那些天老万一直在想的事就是赶紧为女儿完婚。既然他们都已经做到了这一步，还等什么？于是便有了那个星期天上午的谈话。那次谈话时刚好有一个卖小狗的在巷子里摆摊，摊子上十几只小狗汪汪汪地乱叫，叫得人心烦透了，要不然他可能不会让谈话那样开头：

——小芹哪，你们赶紧把事情办了吧！

——办啥事，爸爸？

——还能有啥事？结婚！

——结婚？谁跟谁结？

——还有谁和谁？你和古峪！

——我和古峪谈结婚还早着哩！

——还早？你已经是他的人了！

——我怎么已经是他的人了？

——你们不是……

——我们虽然在一起住过，但那怎么能说明我已经是他的人了？我仍然是我自己的！

——好了，我不跟你斗嘴，我只告诉你，赶紧办手续结婚！

——谁愿结婚谁结婚，反正我还没有决定结婚！万芹说到这儿，扭身就走了。

你?！老万望着女儿的背影举起了手中的茶壶。他最后气极地把茶壶朝地上摔去，茶壶在地上碎成了一群晶亮的碎片，闪着光。壶摔碎的响声又引来了那群小狗的一阵高吠。

七块钱！这种茶壶如今街上卖七块钱一个！老伴这时心疼地走过来给他提醒。

滚！都给我滚！

这是老万第二次发怒。

万芹不想结婚，你能有什么办法？老万只得在夜里叮嘱老伴注意女儿的例假，一旦不正常就赶紧告诉他。他真怕女儿那次夜不归家会造成什么后果。万一真出了什么事，那不是太丢人?！唉，养个女儿也真不容易！老万那些日子夜里躺在床上常常要叹一口气。

老伴在留心观察了一段日子之后告诉他：一切正常。他这才又松了一口气：事情总算过去。这之后，他又渐渐恢复了下午去和一帮退休的老友下几盘棋的习惯——前些日子，他可是没有下象棋的心绪。这是第二次缓和。

大约是两个月之后的一个下午，他和老友们下完棋后回家，见家里没人，以为老伴出去买菜女儿还没下班，就自己沏一壶茶，坐那里一边饮着一边把目光在屋里散漫地晃着，他的目光晃着晃着突然一定，他感觉到这屋里好像少了什么，对，一定是少了什么！那种感觉是那样鲜明，以至于他立刻起身去细细察究。这才注意到是女儿的一些用物没有了：她喝水的杯子，她挂在门后墙上的镜子，她放在桌上的一些书，她爱吃的几包零食，这些东西都放哪里了？他走进厢房女儿的睡屋一看，更加吃惊：女儿床上的铺盖也没了。那些瓶瓶盒盒的化妆用品不见了，搬到了哪里？去单位住了？正在他惊惊疑疑猜测的当儿，老伴进屋了。她的脚步仿佛有些犹豫，神态也有些不自然，可他没有留意，他只是急急地问：芹儿的东西搬哪了？

她说她搬过去住。老伴答得有些吞吐。

搬哪里住？他没有听明白。

搬到古峪家去。

啥？老万的两只老眼无限地瞪大了。

她说为了下结婚的决心，她必须和古峪在一起住一段时间，好……了解他——了解个屁！老万双脚跳了起来。没结婚就住过去，丢人不丢人？你这个当妈的也准许她搬？

可她一定——

她一定搬你就让她搬了？她说她去杀人你就让她去杀？你这个傻女人！傻东西！

她那脾气我能拦住？你别骂人好不好？

骂你，你还嫌老子骂你？老子还打你哩！老万扬手啪地给了老伴一个耳光。手收回来时他才记起，自从儿女长大，他已经很少打老婆了，今晚手打到她脸上，竟震得掌心都有些疼，手心里没有茧了。

老伴呜呜地哭了。

哭吧，你！憨女人！连女儿搬去没有结婚的男人那里也不知道拦，哭吧！哭吧，你！

老万气急败坏地奔出了门。

老万那天赶到古峪家时古家人正在吃饭。他站在院门外就看见万芹端着碗有说有笑地坐在古峪身边。笑，你还笑，不知道丢人现眼呵！他不愿直接进屋，女儿的举动令他感到一种无可言说无地自容的羞辱。他让一个在院门口玩耍的女孩去喊万芹出来。那女孩说她认识万芹姨，一蹦一跳的进去了。片刻后万芹出来，看见他竟带几分诧异地问：爸，你怎么来了？妈没给你说吗？我搬这里住段日子，得空就回去看你们。

老万冷冷地瞪着女儿，在心里暗暗地叫：还问我为啥来？你个不怕丢人的东西。回去！跟我回去！他不容置疑地命令道。

回去干啥？你不是催我结婚吗？告诉你，我真的想和古峪结婚了，我现在就是在做结婚的准备！

还有这个准备法？他两眼凛凛地瞪着女儿。

当然。我一旦和他结婚，就我个人心中的意愿来说，就要和他生活到老。在这种情况下，我必须了解他的方方面面，以保证自己以后不为自己的决定后悔，不致婚后因不满意他的某一方面而提出离婚。我这样做实际上是在对我自己负责！

嗬，你倒有理由了，不怕别人笑话？

这是我对自己生活的安排，管他别人怎么说！是我准备结婚，是我不愿今后离婚，这与别人有啥关系？

我不管你说得天花乱坠，就是不许你现在就住在古家。你不觉得丢人我还觉着丢人哩！

爸爸，你知道我很爱你，但我不允许你干涉我个人的生活！你回去。

你——

要不是有一群孩子和几个大人围观过来，老万那会儿真想开口骂万芹几句。但他没敢，那样一闹，事情就会更快地传开了。他当时只是狠狠地一跺脚，扭身走了。你还能怎么办？上前硬拉女儿回家吗？那才要丢大人哩！

万芹，你知道爹那天回来做了什么？爹把头往堂屋的墙上碰了三下，血都流出来了。要不是你妈抱住我，我真想撞死作罢。咱们老万家多少辈子积下来的清白名声让你毁了。这左邻右舍的街坊谁不知道咱万家家规森严？谁不知道咱万家的闺女、媳妇都最守妇道闺规？当然，也不是一件丑事没有出过，可只要出了丑事那惩罚立马就来。当年你的三奶也就是我的三婶守了寡后，偷偷和一个修洋铁壶的汉子好上，两人也就在一起睡过两夜吧，你祖爷爷知道后立马买了巴豆药熬熬逼你三奶喝了，喝完她就死了。外人只知道她自尽可一点也不知道她私通的事情……

就是从此开始，老万觉得在街邻们面前抬不起头了。平日因为老万曾是县政府的老科员，和年轻人说话时就总爱卖个老，凡事爱评论两句，但现在他变得小心翼翼了。他唯恐别人知道了万芹的事和他打趣。每逢看见街巷里几个人凑在一起说笑话，他就胆战心惊地侧了耳听，看他们是不是在说他女儿。在街上走路，一见有人抬手朝他指点他就以为人家在骂他放纵万芹，吓得赶紧走了开去。他平时没事也不再出门找几个老友闲聊了，他怕老友们望着他的目光里含有讪笑：你看你养了个什么女儿?!

老天爷，这是过的什么日子哟！

都怨我过去没有好好管教女儿，让她这样任性。罢，罢，如今只有等了，等她自己说考察古峪完毕可以结婚！老天爷，她啥时候学来的这一套？

万芹在那个到处都有蜻蜓游荡的傍晚满面春风地走进家门时，老万以为她将会对他和老伴宣布她要和古峪结婚了。未料女儿进门后只对他笑笑，把给他买的一包茶叶往他面前一放，拉了她妈的手就去里间了。母女俩在里间唧唧喳喳说了半晌，老万一句也没听清楚。他有些焦急地等待老伴出来转述万芹说了什么。尽管他对万芹生气但他依然对她的一切都愿过问。谁让他是她的父亲？

万芹那晚没在家吃饭，对她妈说完话后出来讲：爸，今晚我要加班，就走了。万芹一出院门，老万就迫不及待地问老伴：她说了些啥？

说了两桩事，一桩是她怀孕了。她说她很高兴，她说这表明古峪在这方面没有任何问题。

啥？老万从座位上弹跳了起来。未婚先孕一直是他担心的事情，可现在她还感到高兴？傻东西们，你们就不知道采取点措施？结婚！这次可要立马催他们结婚！有了这事要再耽误下去可真要出大丑闻了！

万芹说她已经预备提出和古峪去领结婚证了，可她最近渐渐发现了古峪的两个毛病。

毛病？老万眼又瞪大了。这就是她说的第二桩事？她说她发现了古峪啥毛病？

一个是他夜里有时梦游。

哦？

她说她过去瞌睡大，一睡就睡得很沉，所以也没有发现他这毛病。近些日子因为怀孕，夜里睡不踏实，就接连发现他有时半夜起来，在屋里、院里转悠，她起初觉得奇怪，后来才弄清他是梦游。她说前天晚上她看见古峪半夜起来，就在后边跟着他，见他走进厨房，拿起菜刀把一块豆腐切得粉碎，而后回来接着睡觉。第二天早上问他切豆腐干啥，他说他根本没切。

嗬？老万吃惊了。

万芹说她真有些担心，说万一他在梦游时把菜刀拿回到床头岂不是吓人？

老天！老万在原地转了一圈。她说他另一个毛病是啥？

万芹说古峪平时脾气挺好，一般不发火，挺有耐性；可一旦发火之后，容易控制不住自己，像是有点神经质。她说有天她为点小事和他斗嘴，他先上来不吭气，后来就见他因为生气身子抖颤起来，嘴唇也开始变乌，接下来他突然抓起一把剪子向她扔过来，万芹说她幸亏闪得快，要不然就被扎伤了。事后古峪也很后悔，跪下求万芹原谅他。可万芹说她真担心——

还有这事?！老万的两条眉毛都竖起来了。

万芹说她其他方面对古峪都很满意，她仍然爱着古峪。她要抓紧找医生给古峪看这两个毛病，待病一看好，她就和他结婚。

要是看不好哩？

我也这样问她了，她说，她暂时不想这个问题，她相信能治好。

老万那天没再说出让女儿尽快结婚的决心，他变得忧虑重重，那天的晚饭他吃吃停停且吃得很少。

万芹此后许多天一直在四处找医生为古峪看病。老万经常催老伴去打听消息。老伴不断地把报告送到他的耳畔：现在在吃一位老中医的药！现在在针灸！现在在请一位心理医生治疗！现在求的是一位气功师！……

日子就这样一天一天地打发掉了。

万芹的肚子也在这时日的流逝中一天一天地高隆起来。

眼见着女儿怀孕的事已无法再掩盖，老万急得真如热锅上的蚂蚁。是一个无风的闷热的晚上吧，老万催老伴去把女儿叫来，说：芹儿，现在有两个决定你必须选择其中的一个，要么决定打胎，要么决定结婚！

万芹说：爸，这两个决定目前我都不能做，这是古峪的孩子，我爱古峪，我不愿打掉！古峪的毛病还没有见好的迹象，我也下不了结婚的决心！

那你说咋办？

再等等！

万芹，你能想到在等待的那些日子里爸爸是怎么过的？坐立不安哪，干什么都无心绪。坐不是，站不是；吃不下，睡不安。爸爸还从来没有操过那样大的心哩！说实话，爸爸那阵子也想过绝情的做法：像赶你哥哥出门一样，把你也赶出门，宣布同你断绝父女关系。可我舍不得你啊……

大群的日子就这样在等待中无影无踪了。

焦躁中的老万于是自作主张去请了一位妇产科医生，让老伴领着她去看看是否可以给万芹做流产手术。那妇产科医生回来后向他宣布：晚了，这个月数再做手术对孕妇有危险！

老万嘴巴张得很大地望着医生。

现在只有寄希望于古峪的病能治好，让他们完婚了。

可这希望也在一个蝉鸣悠扬的午后破灭了。那日午后老万正在午睡，忽听有人踉跄着脚步跑进屋来，等他听见老伴一声惊呼急忙下床看时，才见是满脸沾血的女儿跑进了屋里。咋回事？老万三步并作两步地跑到女儿身边。

万芹叹一口气。这是老万第一次听见女儿叹气，她也会叹气了。

我刚才催古峪吃药，他嫌烦；我又催了几句，他一怒之下就拿起饭桌上的菜盘朝我砸过来了。砸完之后他就又赶紧道歉请求原谅，但我的额头已经被划破了。

他古峪怎么可以这样？老万火了。

他这是控制不住自己。我问了一个老医生，医生说，这种病的病因极其复杂，一般只能减轻症状，完全治好不可能。

那咋着办？

爸、妈，我已经在想离开他的事了。当然，如果委曲求全同他结婚也不是不可以。我对他的爱情可能会让我在十年之内容忍他，但我担心我坚持不了更长的时间。一旦爱情被消耗尽之后，我可能还要离开他！与其将来离婚，不如现在就不结。长痛不如短痛！

老天，可你已经怀了他的孩子！

这没有什么，孩子我生下来，我抚养！大不了我向计划生育部门写一个保证，即使今后结婚也只要这一个孩子！

说得轻巧！老万的眼又瞪了起来。丢人不丢？别人笑话不笑话？

这是我个人的事，我管别人的态度干啥？

老万没有和女儿争执的心思了，他只是痛苦地闭上眼睛在心里叫：天爷爷，我上辈子究竟作了什么孽，要让我来蒙受这样的羞辱？

没有多久，万芹果真是搬回来住了。万芹往家搬东西的那个中午，老万躺在床上一动不动。没脸见人哪！自己的女儿腆着个肚子从一个不是丈夫的男人那里搬回来住，这算什么事嘛！

没想到万芹倒仍如往常那样，一点也不知道害羞，高声地同邻居们打着招呼，指挥同她一块儿搬东西的古峪把物什放在厢房里她认为恰当的地方。老万在睡屋床上听得很清，古峪临走时还对老伴说：伯母，我理解万芹，我祝愿她幸福！如今的年轻人怎么都变成了这样？全都不知道羞耻了？

老万终究还得起床。起床后一走出院门，他就觉得人们看他的目光里多了些内容。哈哈，不嫁女儿就要得外孙了，真是省事呀！……仿佛总有一阵一阵的讪笑声往耳朵里钻。那时天已见凉，老万破天荒地买了个带棉耳朵的帽子，出门就把它戴在头上，这才觉着耳朵里有些清静……

老万最感耻辱的一天——万芹住进产院分娩的日子，到底还是不顾老万的恐惧和厌恶，袅娜着向万家走来了。

那是一个天空正在变蓝的黎明，万芹忽然在她的睡屋里呻吟起来。老伴跑过去一看，回来说：八成是要生了，得赶紧送产院。老万听罢猛一拉被子盖住了自己的头，不吭也不动。

你赶紧去弄个车来！老伴知道他心里有气，低了声小心地催。

去哪里弄车？他掀开被子恶狠狠地对老伴叫。其实老万在县政府里工作多年，同开小车的师傅们都熟，他只要去叫，立马就会有车开过来。但他觉着无脸去惊动别人。他最后是去一个大街清洁工家里，把人家拉垃圾的三轮车借来送万芹到产院的。老万和老伴气喘吁吁地把女儿推到产院门口，几个医护人员看见，过来一齐埋怨：怎么让你们两个老人送孕妇，做丈夫的去哪了？老万当时硬着头皮扯了一句谎话：当兵在外边。

万芹疼得特别厉害，在产房里一声连一声凄厉地叫着，惊得其他产妇的男人都围到门口问：这是谁的老婆？吓得老万大气不敢出地一直抱头蹲在走廊一角。

是个八斤的女孩。

听见那女婴惊天动地的啼叫，老万在心里叹道：死丫头，你就小点声吧，你就不怕别人追问你的来历？

古峪是三天后听说女孩出生的消息赶来医院探望的。他当时抱着那女孩一连声地笑叫：让爸爸看看！让爸爸看看！两个护士见状就笑着埋怨：你只想着当爸爸，就没想着当个好丈夫？你妻子当初在产房受苦受难时你怎么连面也不见？古峪听后就不好意思地笑笑说：我不是丈夫。两个护士闻言就吃惊了，问：那你怎么又说你是这孩子的爸爸？古峪吞吐着还没开口，万芹倒先淡淡一笑解释：他是孩子的爸爸，但我们并没有结婚。两个护士听后伸伸舌头出门走了，满屋里的产妇都向万芹投过来新奇的目光。当时站在床边的老万那个气噢，恨不得一耳光打到万芹脸上。好一个不知丢脸的东西，你还要专门给别人解释清楚?！你?！

从第二天起，老万拒绝再去产院给女儿送饭。

万芹给那孩子起名叫乐乐。

乐吧，我看你们母女还有心乐吧！老万面孔阴郁地看着万芹抱着乐乐走进她们的睡屋。

做了母亲的万芹依旧爱笑，老万常常听见万芹在脆笑着逗她的女儿。不知道操心的东西啊，你的生活都弄成这样子了，还有心笑？

老万的脸阴得越来越重了。无论是出门还是在家，老万再也没有露过笑容。一想到屋里有个很难解释清楚来历的外孙女，你还有本领让笑容爬到脸上？

老万给女儿和老伴严格规定，平日不能把乐乐抱出院门之外。

为啥？万芹诧异地问。

你还嫌知道的人少吗？

他们知道了有啥不得了的?!

啪！老万把手上的茶壶摔了，茶壶在地上碎裂时的声响尖厉刺耳，把乐乐吓哭了——这是老万摔碎的第二个茶壶。

其实，老万的防范措施已经没有意义，附近的邻居哪家不知道万芹没有结婚却已经生了女儿？

那天，老万的老伴和邻近的一个女人发生了口角。起因是一桩小事，就是那女人每天倒垃圾从万家门前过时总要掉下一些烂菜叶碎纸屑什么的，害得老万的老伴常常还要再扫一遍。于是那天早上老万的老伴就提醒那女人：大妹子，再倒垃圾时小心点，走一路掉一路的不好。不防那女人并不讲理，竟粗了声说：掉一点也没啥不好。老万的老伴平日虽是好脾气，但被这话也噎得喘不上来气。就又说：大妹子，做事得讲个文明道德，你把垃圾掉到地上，不是害得别人要重扫？未料那女人听后尖声笑了，边笑边叫：嗬，俺们没知没识的，哪知道讲究文明道德？俺们要是知道，也不会让女儿不找丈夫就养外孙女呀！女儿当着她爸妈的面出去偷汉子，俺们哪懂文明道德？……

老万在院里听得清清楚楚，气得咬牙切齿。眼见得邻居们越围越多，老万只有跳出去朝老伴打了一个耳光吼：就你多嘴，还不快滚回去?！结果老伴回屋哭了一个早上。很早就起床出去给乐乐买牛奶的万芹回来见她妈在哭，还问是咋着回事。老万和老伴两人都抱了头一声不吭，还能答啥？

老万至今想起那天在杂货店门口的事还在后悔：你真多嘴呀！要不然你会丢那样大的人？

那是一个少有的天晴得没一点点云絮的星期一，退休的老干部们举行门球比赛，老万也被邀请参加。比赛以老万所在的代表队胜利而告结束，这使心情长期抑郁的老万觉到了一点轻松。他由赛场往家走经过那个杂货店门口时，脸上还留着一点隐约的笑意。也就在这当儿，他看见邻家的一个小伙子在和那杂货店主争吵。他于是停下步子，静静地听了一阵他们的争吵声，渐渐就听清道理不在小伙一边。不知是因为当时心情好还是出于维护公道的习惯，老万插言对那小伙说：算了，错了就认个错吧，强词夺理不好！那小伙正在理屈词穷恼火至极的时候，一听老万插嘴，立时把恼怒泼到了老万身上，高了声吼：你他妈的插啥嘴，干你屁事?！老万是最要面子的人，见小伙出言不逊，就也正色道：该管的事我就要管！不想那小伙顿时带了冷笑叫：你还是回去管管你们家的事吧！你都有了一个没有爸爸的外孙女，为啥不去管管你的女儿?！嗡的一声，老万感觉到头部像挨了刀砍似的轰然裂开了，大股的热血顺脸而下，一大群蝴蝶样的光斑在他眼前飞旋。他只把嘴张了一下，吐出一个你——就向地上扑倒了。

当时，杂货店门口已围了上百的人，都知道我万正德当众遭人羞辱了，都知道啊……

万芹，这都是你给爸爸挣来的呀！我一口水一口饭把你养活成人，你就这样报答我？你和你哥哥一样，把成盆的污水端给别人，让他们朝你爸爸的头上泼。泼吧，泼吧，大不了是我早点死嘛！……

在以后的日子里，老万能感觉到自己一家的声望和声誉像决了堤的河水水位，不可收拾地往下降低了。再也没有退休的老友来喊他出去聊天下棋了。过去，因为老伴裁剪衣服的手艺不错，常有老太太和中年妇女拿了衣料来找她请教帮忙，现在也逐渐地没有了。往日，因了万芹在广播电台工作且又是大学毕业，周围的姑娘们总爱来找万芹说笑玩闹。如今，来的人也越来越少了。那晚一个叫菊花的姑娘前脚刚进屋，才同万芹说两句话，外边就传来她妈的喊声：菊花，快出来。家里有事！待菊花出了院门，老万听得清清楚楚，那当妈的在院墙外小声训斥自己的女儿：去万家跑啥？跟着万芹能学出个好来？

我们万家多少辈子活出的声望在我手里完了。列祖列宗，正德是不肖子孙，没有管束好女儿啊……

过去老万看见外孙女乐乐时，眼中闪出的是烦恼是不高兴，自从受到那小伙当众讥讽之后，老万感觉到自己看乐乐时目光里已不知不觉地掺上了仇恨。是的，仇恨！都是因为有了这个小丫头片子。要不是有她，谁敢当众污辱我？谁？现在人们在背后指戳议论，也都是因为她！单是万芹和古峪同居的事，没人敢说到桌面上；而且这件事已经过去，我可以一口否认！关键是有了乐乐，这是证据，是把柄，是全部耻辱的根子！

应该想办法把这个根子弄掉！

最好的办法是把孩子改个名后悄悄送到古家，让他们抚养，他们古家的后代他们当然应该养活！

老万于是在一个无月无星的夜晚独自去了古家。他没有绕弯子，他开门见山地向古峪和他的妈妈说明了来意。古峪不错，古峪听罢连考虑也没考虑就点头应道：行，伯父，这是我的女儿，我当然应该养活。但古峪的妈妈沉吟了许久都没有开腔，后来她挥手让儿子走开，单独面对老万说：大兄弟，要说你这想法也在理，只是有个事想让你知道，眼下正有人在给古峪介绍对象，这个时候要是把丫头抱来，人家女方知道了未必就愿意。想你也知道，一般姑娘家是不愿进门就当妈的！我有个主意，不知你以为咋样，能不能把孩子送个人家养活，咱两家都不要了，反正是个丫头片子，也没啥好稀奇的！咋样？

老万怔怔地看了古峪妈一阵，什么也没再说，起身走了。这个当奶奶的，心也真硬，说不要就不要了。要是个孙子她大约就会收养了。这倒也是一个丫头片子，谁稀罕？

之后，老万就开始悄悄托万芹的姑姑寻找愿收养女孩的人家。还算幸运，万芹的姑姑在乡下寻到一户人家，那家人只有一个儿子，愿意收养一个闺女。老万听老姐姐说了这信息立即同意，并应允那家人来抱女孩时他再给二百元钱，条件是永不再同万家联系。

老万同人家订好来抱孩子的日期之后，这才松一口气，回来把自己的计划和安排告诉了老伴。老伴听罢吃了一惊，说：这咋行？老万白了老伴一眼：咋叫不能行？他知道老伴心软，这些天已经同那外孙女乐乐有了感情，整天抱了乐乐逗着玩。女人家办事总是不从大处着眼。你赶紧替乐乐收拾收拾衣服用物，好叫人家来了抱上就走！老万最后对老伴下令。

那你也得把这事同万芹商量商量。老伴声音里露出了不安和对乐乐的依恋。

当然要给她说，只提前半天说就行，免得她多流眼泪。老万心上估计，只要他把一番道理讲透，万芹是会同意的。养个孩子她也受拖累，过去她常去歌厅、舞厅，如今她不是也没时间去了？再说，日后她再找对象时不也作难？老万自然也想到了，万芹会为此事流眼泪，当妈的嘛，流点眼泪也是正常的。

一切都依计划进行。

抱孩子的人说定是星期六晚上来，到了星期六的后晌，老万把事情对女儿公开了，但他的道理还没讲上几句，万芹就杏眼圆睁柳眉倒竖地跳了起来：爸，这是谁的主意？是我姑的？她凭什么要把我的女儿送人？她怎么不把她的女儿送人？我的女儿怎么惹住她了？告诉她！我为此事恨她，我不希望再看见她进我们家门！

老万显然没料到万芹的反应如此强烈，已不敢说此主意是自己出的，只接下去解释：你姑也是一番好意，怕别人看见了乐乐会影响你的声誉。不想万芹听罢又恼上心头，高了声叫：谁叫她去闲操心？乐乐怎么影响了我的声誉？乐乐使我自豪，我为能生下乐乐这样漂亮健康的女儿感到骄傲！现在我正式声明，谁要敢抱走我的女儿，我就同他拼命！

老万再一次目瞪口呆。

他是知道万芹的脾气的，她会说到做到。老万不敢拖延，急忙去到老姐姐家里通知事情有变……

自此，老万死了把乐乐送人的心。

罢了，听天由命吧。既然你当妈的都不怕丢人现眼，我这张老脸就也扔了吧，扔了吧。怨不得别人，谁让你养了个不知羞臊的女儿？这年头的年轻人究竟是咋啦，办事全不看别人的脸色，全不听别人的说法，只由着自己的心思，唉！……

老万感觉到此后他对乐乐的恨意越加深了，他尤其听不得她的笑声。每当他听到乐乐在万芹或老伴怀里咯咯咯的欢笑时，他都觉到了一种莫名的恼恨。你倒笑得自在，可你知道你给我带来了多少耻辱?！你这个丫头！

老万从未抱过乐乐。乐乐似乎也感受到了姥爷的敌意，从未主动地向姥爷身边靠近。

老万意识到自己心里对乐乐恨意的深度是在一个半夜。那天的半夜时分乐乐突然发起了高烧，家里备下的几种退烧药都用上还未能使她的体温有丝毫降低。万芹吓得哭起来了。老伴慌得催老万赶紧起床抱乐乐去医院。老万慢条斯理地起身穿着衣裳，一丝隐约的欢喜就是在那一刻闪过心头的。在那丝欢喜隐走之后，老万才猛然意识到，在他的内心深处，他是希望这孩子死的。意识到这个之后他打了一个寒噤。

但乐乐那次却化险为夷了。当太阳再一次爬上头顶之后，缠绕着乐乐身子的高温开始一点一点撤走，乐乐在白色的病床上又逐渐睁开了她那双极像万芹的眼睛。万芹和老伴都欢喜得满脸是泪，不住地亲吻着乐乐那苍白的脸蛋。老万就是在这时刻沮丧地走出病房的。是的，沮丧！老万事后还能记得他当时心里充满了沮丧和失望。老天爷你为什么不把她收走？收走了她也就等于收走了万家的耻辱！……

老万今天还能记起，促使他向事情的终点接近的是那个药瓶，那个白色的装了点敌敌畏的瓶子。那点农药是他借来喷洒院中那棵槐树上的虫子的。院中那棵年岁很高的槐树树冠在那个夏天突然生满了虫子，绿色的树叶被虫子们吃得七零八落。他在喷洒完槐树之后把剩有一点药液的瓶子拧紧瓶盖顺手放到了窗户的外台上。他差不多已经把它完全忘记了。

很可能是一只在窗台上寻觅什么的老鼠把药瓶从窗台上撞落在地的，药瓶并没有碎。药瓶似乎决心要在万家的故事里充当一件道具，它在地上滚了两下就缩到了墙角，静静地等待那个上午。

那是一个星期天的上午，万芹去电台里加班，老伴照护着乐乐在屋里玩。老万则坐在院中默想着自己再有两天就要去领退休金的事。大约是半上午的时候，老万看见老伴一手拉着已会走路的乐乐一手提着菜篮向院门外走——干啥去？——买菜——买菜还用拉了她去？你是不是觉得看见她的人还少了？老万的声音里满是怒气。

老伴迟疑了一刹，老伴说：你要不让乐乐随我上街你就得照护她。

你把她放到院里，她不会自己玩？

老伴想想也是，就进屋拿了几样万芹给乐乐买的玩具出来，交代着让她在院里玩，外婆买了菜就回来。乐乐是个很容易被玩具迷住的孩子，她没有再坚持要随外婆出门，而是在离姥爷不远的地方玩开了玩具。

乐乐什么时候玩厌了那几个娃娃玩具转而在院中漫无目的地转悠，老万并不知道，自从老伴出门以后他就再没有去看乐乐一眼。内心的厌恶和恨意使他极不愿把目光投到乐乐身上。后来促使他扭脸去看乐乐的是满院子反常的寂静。在这之前乐乐一边自己玩乐一边在口中咿咿呀呀地说着什么，但这时院中突然没有了一点声音，就是这种静寂让老万终于扭头去看了乐乐一眼。但这一眼让老万惊得倏然站起：原来乐乐这时正站在院墙的一角，双手拿着那个滚落在地的敌敌畏药瓶，两眼聚精会神地审视着，乌亮的眸子里满是新奇。

老天！老万的第一个反应是想高喊：快放下！但那声高喊在就要奔出喉咙时突然被一团黑色的东西堵住了。随即就见他原本张开的双唇又慢慢合上。一个愿望像青蛙一样从他意识的深处一点一点浮起。当他的内视力瞥见那个愿望的怪异的头顶时，他清楚地觉到了身子猛然一悸。

老万没喊，更没有移步上前去夺下乐乐手中的毒药瓶，他只是听见心里有一个声音在叫：乐乐，那是一个很好的瓶子，瓶子里装着好喝的东西，你把那瓶盖拧开就行，瓶盖拧开你就可以喝了……对，就那样拧，再使点劲，使点劲！

就在这时门口传来了老伴的脚步声。一听到老伴的脚步声老万就赶忙从乐乐身上扭开了眼睛并迅速地坐了下去。一切和老万预料的一样，老伴一迈过门槛就看见了乐乐手中抱着的药瓶，就惊叫了一声：乐乐，你在干啥?！一边扔下手中的菜篮一边奔过去从乐乐手中夺下了药瓶，一边拉乐乐去水管上洗手一边朝老万扔过了一堆埋怨：你怎么坐在院里像死人一样？怎么能让乐乐抱着那个毒药瓶？万一她弄开瓶盖像喝牛奶那样喝一口那可咋办？天爷爷呀，真险哪！我说你就一直没有看见？你——

你还有完没完？老万扭脸恶狠狠地截住了老伴的抱怨。她不是还没喝嘛?!她能有力气拧开那个瓶盖?她拧了半天都没有拧开。

最后一句话一出口他就知道说漏了嘴。果然，老伴震惊地朝他扭过了脸：这么说你是看见乐乐拿药瓶了?

没有！我要看见了我会不去把它夺下来?!他恼怒地瞪住老伴，他企望用这种怒吼来压倒老伴也压住心里涌上来的恐慌。但老伴像是已经明白了什么，她在去远处的垃圾堆里扔掉那个药瓶之后，进门时含义莫名地看了他一眼。万芹从电台回来，老伴也没再说乐乐拿毒药瓶的事，但在那天的午饭桌上，老伴有些变化。她没像往常那样，一边和万芹说话一边喂着乐乐，而是默默地低头吃饭，偶尔抬头时，会把一种冷峻的、审视的目光掷到老万的身上。

老万觉得身上有些凉。

你看啥?别说我没做什么，就是真做了又能怎么着?在过去，扔掉女孩子的事多了！我当初还有过一个姑姑，就因为我爷爷嫌女孩子太多，不是很利索地把她塞进尿桶里溺死了?

时至今日老万已在心底里承认，就是乐乐抱起审视的敌敌畏药瓶让他生出了后来的那个主意。那主意诞生于一个大雨滂沱的黎明。在大群的雨点一次又一次撞击屋瓦的响声中，那个被老伴扔掉的白色药瓶像船一样再一次驶进他的心里。当他用内视力去细看那个药瓶时，他发现那药瓶上清清楚楚地写着一行字：乐乐是可以消失的！

他看到那行字后身子打了个哆嗦。也已被雨声惊醒的老伴以为是夜雨带来的寒气让他感到了冷，忙拉了拉被子把他盖好。他没敢再动身体，他担心老伴开口问他什么，他害怕一旦老伴开了口那行写在药瓶上的字迹就会被吓跑掉。

当他一遍又一遍重读那行字时他想起了院中那个空了的红薯窖。那是早些年冬天用来收藏买来的红薯的地窖，口不大，却有一丈多深。如今因为细粮充足不再吃红薯，那窖也就闲在了那里。乐乐要是一旦滑落进那个窖里她当然就会消失。想到这里他不由自主地再次打了个哆嗦。

咋，还冷？老伴开了口问。

唔。他含混地应了一声，翻了个身又假装沉沉睡去。其实那刻在他眼前晃动的已是那个黑洞洞的地窖口。

爷爷你不是说过，一旦家族蒙受了耻辱，就要赶紧想法摆脱，越快越好?！爷爷，我已经下了摆脱的决心，我不晓得你是不是赞成，可我是为了我们万家的声誉……

那个斜阳洇血的后晌已经过去，但那个后晌所发生的一切都已用雕刀刻在了老万的记忆里。

一切都是按老万预先的谋划进行的。

一吃过午饭，老万就说，他后晌哪里也不去，要在家歇息。

之后，他催老伴去万芹的姑姑家拿一件外甥女为他织的毛衣。

万芹当然要去上班。老万答应女儿由他来照看乐乐。万芹在亲了两次乐乐粉嫩的双颊之后推动了她那辆红色的坤车，她一边与女儿挥手再见一边叮嘱：乐乐，听姥爷的话，别给姥爷添乱。她颊含欢笑地推车出门，一点也没意识到这个后晌将要发生什么。

家里于是只剩下了老万和乐乐。

姥爷。乐乐朝老万怯怯地喊了一声。她仍然对这个不苟言笑的姥爷怀着一丝莫名的害怕。

玩去吧。他朝乐乐挥了挥手。待乐乐转过身子，他拿过乐乐平日最爱玩的一个绒布娃娃出门到了院中。

他开始向那个地窖走去。他走得很慢，他觉出两条腿都在发抖。地窖离正屋门口不过十几步远，可他却用了差不多五分钟才走完。

他在地窖口站了一刹，做了几次深呼吸，似乎在积攒力气。之后他才弯下腰去，揭开了盖在窖口的那块木板。木板不是很重，有十来斤重吧，但他竟累得有些发喘。

窖口终于呈现在了他的眼前。大约是今年雨水太旺的缘故，窖里有水。这和他判断和希望的一样。他估摸了一下水的深度，有半尺左右，这就够了。一个小小的人儿由洞口落下去，肯定会是脸着地的。

他照计划抓过几把柴草把窖口虚虚地盖住，而后把乐乐的那个绒布娃娃放在了柴草上边，这才又转身向屋里走。

乐乐正专心地用积木搭盖一间彩色的房屋，她一点也不知道危险正在向她悄无声息地爬近。姥爷进屋时她抬起明亮的双眼：姥爷，我盖的房屋好吗？

好。老万应了一声，目光没敢和乐乐的目光相碰。他觉得心跳有些加快，一种类似恐惧的东西在心底积聚，原先的那种决心开始像水一样地向远处流去。好好的一个外孙女，你竟能忍心？……

乐乐，你的绒布娃娃呢？他急急地开口问。他担心再耽搁下去他会没了实施计划的勇气。

我的娃娃在——乐乐原地转了一圈，她仿佛记得绒布娃娃就放在身边的，但现在不见了。她抬起困惑的眼睛看着姥爷：我的娃娃不见了。

我看见院中有一个布娃娃，不知是不是你的。老万记得自己说完这句话后身上突然开始出汗，汗是冷的。

乐乐听罢转身就向门外走，她走得太快，步子显出了蹒跚。老万随即上前把身子靠在了屋门框上，双眼紧张地望着乐乐的背影。

姥爷，那是我的娃娃！乐乐很快发现了放在窖口上的那个绒布娃娃，扭头向姥爷快活地报告。她笑得多么好看。

老万的嘴张了张，却并没有把预定要说的那句话——是你的你去把它拿回来——送出双唇。他觉出冰冷的汗水已经湿透了他的衬衫。

快了，快了。随着乐乐向窖口的一步一步接近，老万的心脏也开始一点一点地由胸膛向嗓子眼里提升。与此同时，一些用红笔写成的大字：谋杀……外孙女……乐乐……一个好好的孩子……开始像蚂蚱一样地在他眼前乱蹦。一具小小的棺材渐渐由远处向他身边移来，眼看就要撞上他的胸脯。他的身子猛然一悸，不由自主地张口喊了一句：乐乐——

已经走到窖口的乐乐闻唤停步扭过身来，用纯净的双眸望定他说：这娃娃是俺的！

不能前功尽弃！这丫头存在一天，耻辱就在万家的门前悬挂一天。下狠心吧！老万长长地嘘一口气，用力把牙咬了起来。

乐乐见姥爷并没有任何反对的表示，于是重又转过了身去，向窖口抬起了胖胖的右腿，同时右手向前伸去——

老万急忙闭上了双眼。

他没有看见乐乐落进窖去的姿势，他不敢看。他只做好了去倾听那声扑通坠洞的响动，但他没想到他会听到惨厉至极全被惊骇浸透的喊声：姥爷——那喊声在由大变小的过程中也把他的魂灵急速地由他的身体深处拽了出来。他没料到那声音是如此可怕地揪扯人心，更没料到那声音会像一根绳子一下子把他的双腿拉到了窖口。他看见了在水中挣扎的乐乐，看见了那双蓄满惊恐的眼睛，这一瞬间，耻辱感和愤恨感已经踪影全无，他能感觉到的只是一阵撕心裂肺的心疼。他几乎没有任何犹豫，就以老年人所没有的敏捷向窖内跳去。他扑进那不深的水里，不顾一切地抱起了乐乐。他看到了泥、水和血，他呜咽着喊：乐乐——我的乐乐——

最先听到这异常响动的是邻居的一个小伙，当那小伙奔进万家院中时，老万正一手抱着乐乐一手扒着窖口吃力地往外爬。小伙子将祖孙俩弄出窖口时太阳即将坠落，那小伙在满院的血红残照里跑出院门去打电话叫救护车……

老伴和万芹赶到医院时乐乐已经苏醒，但医生的结论是那样令人心惊：双臂开放性骨折，脊椎严重受伤，孩子将会下身瘫痪。

万芹是哭喊着扑向乐乐的病床的。

满身泥水的老万就坐在医院走廊的木椅上，静静地听着女儿万芹那低抑的哭声，听着老伴的抽啜。有两只苍蝇在他脸上放肆地爬动，但他并没有抬手去赶开它们，他身上的所有力气似乎都已耗尽。他至今还记得他当时的心境：无风、无浪、无声、无色，只是一片空。

列祖列宗，我做了我能做的，更多的事情我已做不下去，我不知道你们是不是赞同……

万芹的怒火是第二天上午朝他发的。老万对当时的一切都还记得很清。他坐在堂屋那把他常坐的红漆木椅里，万芹神色冷冷地站在他的面前：爸爸，我永远不会原谅你！永远！你答应我照护乐乐的，可你竟把她照护成这样！你应该阻止她跑到院里，更应该阻止她跑到那个窖口玩耍！这说明你对她根本就不关心！我平日就看出你不爱她，你毫不在意她，但我没想到你对她的安全也毫不在意。爸爸，我知道我应该爱你，但现在我心里对你充满恨意！

我是……尽了力的……老万嗫嚅着，自己也觉出辩解的声音无力。

我知道你在她出事之后是尽力救了的，但你更应该尽力的是关心她的安全，根本不应该让她向那个危险的窖口走！

我当时正在看报纸上的一则广告……

是那个广告重要还是你外孙女的安全重要?！你不用说了，这件事让我彻底相信，乐乐从你这里获得不了一个姥爷应该给的爱。我现在告诉你，爸爸，为了不使乐乐再看到那个窖口感到害怕，也为了不让我看见这个院子就感到伤心，还为了表示我永不原谅你，待乐乐出院后我们娘俩就搬出去住！而且永远也不再回来！每月给你和妈妈的赡养费，我会让人送回来。

可这里就剩下我和你妈——

是你的大意造成了我女儿的残废，一想到这一点我的心就发抖。爸爸，这就是我要给你说的！……

就在万芹发完那通怒火去医院照护乐乐之后，老万蹒跚着向厨房走去。那时太阳已近当顶，他想他该吃点东西了，从出事到那一刻他还一口饭菜没吃，他觉得心里空得难受，头晕得厉害。往日的这个时候，老伴早已使厨房里溢满了饭菜的香味，但此时他进门一看，还都是空锅冷灶，老伴正双手抱头蹲坐在灶口前。

咋不做饭？老万记得他当时的声音里含满了小心。

我记得很清，那菜窖口是盖着一块木板的！老伴突然抬头这样说，目光如火一样地罩住了他。

啥？老万被老伴这句没头没脑的话吓了一跳，假装着没听清拖长了声音反问。

一个像乐乐那样的孩子，是没有力气拖开窖口的那块木板的！老伴依旧看定了他说。

你这是啥意思？老万发火了，他想他只有用发火来把老伴吓住了。难道还有人特意去揭开木板要害她不成?！他气势汹汹地瞪住老伴，但片刻后他便把目光移开了，他觉得心里虚得厉害。

你看住我的眼睛！老伴忽然这样冷冷地命令。是的，是命令！这一辈子她还从来没有用过这样的口气同他说话，从来没有。

老万惊怔了一刹，他当然没依命令去看她的眼睛，他只是猛然抱头蹲下去说：你们母女两个是不是想叫我死？不想让我活了你们就直说！干吗那个吼罢这个又来逼我，我不就是没小心让乐乐掉进了窖里？……

老伴此后没再说一句话。老万只感觉到她的目光像针一样在刺自己的身体。老万后来听见老伴慢慢地站起身，一步一步地向厨房门口走。老伴那天中午没做午饭。

没有一个人理解我，没有！饿吧，饿死了倒也好！

万芹是在乐乐出院的当天收拾东西离开家的。她是真做了永不回来的准备，把属于她的东西收拾得干干净净。她雇了一辆客货两用车来装东西，车停在门口后，老万看见面色苍白左颊有一个疤痕的乐乐坐在一个小小的轮椅里被放在车上。他一步一步地向车厢跟前走。姥爷。乐乐细弱地喊了他一声，那喊声震开了绑缚在他心中的大团温情和心疼，使得他突然像孩子一样地哭了。他很想伸手去抚摸一下乐乐的脸颊，但汽车就在这时发动了引擎。他在哽咽中看着汽车驶远，看着汽车拐过街角完全消失了踪影……

宽恕我吧，我的芹儿，我的乐乐。我不知道我是怎么了，我没有办法控制自己，没有办法……

就在万芹和乐乐搬走的那个傍晚，昏昏沉沉坐在椅子里的老万忽然发现老伴在衣柜里翻腾着寻找什么东西。起初他以为她是在寻找芹儿忘了带走的物什，后来才注意到她是在收拾一个包袱，她把她的衣物都从柜里拿出塞进了一个很大的包袱。你——这是干啥？老万非常诧异。

我也想走了。

走？老万惊得一下子从椅子里站了起来。去哪里？

我已经同儿子说好了，我想去他那里住。他已经给我收拾好了房子。

那我——咋办？老万真正地慌了。

你愿咋办就咋办吧，反正我不想再同你住一起了，你做的有些事让我害怕，真的害怕。我想请你原谅我这样做，我也是没有办法，我心里也不好受……

老万是在渐浓的暮色里看着老伴挎了包袱出门的，他看见她在街口叫住了一辆三轮车。他忽然认出，那蹬三轮车的是他的儿子。是他，那个逆子！

走吧，你这个女人！你说你跟我在一起感到害怕？你这个没有良心的东西。你跟我生活了大半辈子，我哪点对不起你了?！你竟敢说你对我感到害怕？世上还有这样的女人？走吧，你们都走吧。一个热热闹闹的家就这样走空了，走完了，散了！空了就空了，我就一个人过，大不了是个早点死吧，早死早心净……

夜在往深处沉去。天上的星星越发地密了。露水在逐渐加重，冰凉的露珠由槐树叶上滑下，打在老万的脖子里，他这才中断纷乱的回想和追忆。该睡了。他一手抱着水已变凉了的茶壶，一手撑着椅子，缓缓地站起，伛偻着脊背，一步一步地向空空荡荡的房屋走去……

周大新主要著作目录

长篇小说：

1. 走出盆地．天津：百花文艺出版社，1990；北京：解放军文艺出版社，2007；北京：西苑出版社，2012.

2. 第二十幕（上、中、下）．北京：人民文学出版社，1998；2001（“人民文学奖获书系”）；2004（“中国当代名家长篇代表作书系”）；2009（“新中国六十年长篇小说典藏”）；2013（“朝内人文文库”）；北京：中国出版集团出版（“中国文库”），2007.

3. 21 大厦．北京：昆仑出版社，2001；北京：中国和平出版社，2005（“华语新经典”）；合肥：安徽文艺出版社，2009；北京：西苑出版社，2012.

4. 战争传说．武汉：长江文艺出版社，2003；北京：文化艺术出版社，2009；北京：西苑出版社，2012.

5. 湖光山色．北京：作家出版社，2006；北京：工人出版社，2009；北京：作家出版社，2009（“共和国作家文库”）；北京：人民文学出版社，2014（“茅盾文学奖获奖作品全集”）；武汉：长江文艺出版社，2014（长篇经典文库）．

6. 预警．北京：北京十月文艺出版社，2009；北京：华文出版社，2012.

7. 安魂．北京：作家出版社；2012.

8. 曲终人在．北京：人民文学出版社，2015.

9. Im Bann des Roten Sees（《湖光山色》德文版）．德国：Verlag Bussert & Stadeler，2013.

中、短篇小说集：

1. 汉家女．武汉：长江文艺出版社，1988.

2. 走廊．北京：昆仑出版社，1988.

3. 蝴蝶镇纪事．济南：黄河出版社，1990.

4. 香魂女·周大新小说选．北京：中国文学出版社，1993.

5. 香魂塘畔香魂女．郑州：河南人民出版社，1993.

6. 捧给你们的都是爱．济南：黄河出版社，1993.

7. 左朱雀右白虎．北京：北京师范大学出版社，1993.

8. 香魂女．台北：洪范书店，1993.

9. 香魂女（法文版）．北京：中国文学出版社，1993.

10. 红桑椹．北京：华艺出版社，1993.

11. 女人不是水．济南：济南出版社，1993.

12. 银饰．北京：中国文学出版社，1994.

13. FOR LOVE OF A SILVERSMITH（英文版）．北京：中国文学出版社，1995.

14. 瓦解．武汉：长江文艺出版社，1996.

15. Der Fiuch des Silbers（德文版）．北京：中国文学出版社，1996.

16. 平安世界．北京：明天出版社，1996.

17. 伏牛．天津：百花文艺出版社，1997.

18. 紫雾．北京：北京出版社，1998.

19. 周大新小说自选集．郑州：河南文艺出版社，1998.

20. 明天进入夏季．济南：山东文艺出版社，1998.

21. Les marches du mandarinat．法国 STOCK 出版社，1998.

22. 美国国际短篇小说选入选中国作品·香魂女．北京：中国文学出版社，外语教学与研究出版社，1999.

23. 同赴七月．北京：作家出版社，2000.

24. 中国小说50强个人选集·周大新卷．北京：时代文艺出版社，2001.

25. 中国当代作家选集丛书·周大新卷．北京：人民文学出版社，2001.

26. 中国作家档案书系·周大新卷. 北京：新世界出版社，2002.

27. 走向诺贝尔·周大新卷. 北京：文化艺术出版社，2002.

28. 银饰. 北京：文化艺术出版社，2004.

29. 周大新短篇小说集·明宫女（上）. 北京：朝华出版社，2008.

30. 周大新短篇小说集·明宫女（下）. 北京：朝华出版社，2008.

31. 周大新中篇小说典藏壹·铜戟. 郑州：河南文艺出版社，2009.

32. 周大新中篇小说典藏贰·寨河. 郑州：河南文艺出版社，2009.

33. 周大新中篇小说典藏叁·碎片. 郑州：河南文艺出版社，2009.

34. 周大新短篇小说典藏壹·黄埔五期. 北京：人民武警出版社，2010.

35. 周大新短篇小说典藏贰·武家祠堂. 北京：人民武警出版社，2010.

36. 周大新短篇小说典藏叁·登基前夜. 北京：人民武警出版社，2010.

37. 平安世界. 北京：西苑出版社，2012.

38. 地上有草．北京：人民文学出版社，2013.

39. 玉器行．南京：江苏文艺出版社，2013.

40. 向上的台阶．长沙：湖南文艺出版社，2013.

41. JO YAS DE PLATA（《银饰》西班牙文版）．北京：五洲传播出版社，2015.

散文、随笔集：

1. 没有绣花的手帕．济南：黄河出版社，1994.

2. 村边水塘．北京：文心出版社，1996.

3. 世纪遗产清单．天津：百花文艺出版社，1999.

4. 去看战场．北京：解放军文艺出版社，2002.

5. 历览多少事与人．北京：作家出版社，2005.

6. 我们会遇见什么．南京：江苏文艺出版社，2010.

7. 长在中原十八年．北京：中国文史出版社，2012.

8. 你能拒绝诱惑．北京：解放军文艺出版社，2013.

9. 摸进人性之洞．合肥：安徽文艺出版社，2013.

10. 看遍人生风景．郑州：河南文艺出版社，2014.

个人文集：

1. 周大新文集·花园．长春：吉林人民出版社，1996.

2. 周大新文集·秘境．长春：吉林人民出版社，1996.

3. 周大新文集·窘态. 长春：吉林人民出版社，1996.

4. 周大新文集·猜测. 长春：吉林人民出版社，1996.

5. 周大新文集·惊讶. 长春：吉林人民出版社，1996.